À mes parents, mes frères, ma famille.

www.actes-sud-junior.fr

Éditeur : François Martin assisté de Fanny Gauvin.
Directeur de création : Kamy Pakdel.

ISBN 978-2-330-05079-5
Loi 49-956 du 16 juillet 1949 sur les publications destinées à la jeunesse.

Prologue

J'AI TOUJOURS EU PEUR.

Comme si vivre s'apparentait à traverser une jungle hostile la nuit. Une lente procession où il est impossible de savoir où l'on pose les pieds et durant laquelle, à tout instant, une bête sauvage peut se jeter sur vous.

Dès le plus jeune âge, mon esprit a développé une disposition étonnante à imaginer tous les dangers pouvant se dresser devant moi. En voiture, à chaque carrefour, j'anticipais un impact possible : un bus grillant le feu rouge et nous percutant à pleine vitesse. Inventer le pire, c'était, me semblait-il, m'y préparer pour survivre.

Une peur en remplaçait une autre dans un ballet incessant et inéluctable.

Et puis, les peurs devinrent La Peur.

Une crise d'angoisse pouvait soudain me submerger sans raison. Les psys et leurs thérapies me calmaient pendant un temps. Puis une nouvelle crise survenait, balayant mes espoirs d'être libéré de cette malédiction. J'étais prisonnier d'un mal qui n'avait pas de remède.

Je développais alors peu à peu des rituels qui formaient les derniers barrages pour ne pas être englouti par la folie. Au début, ils étaient intelligibles, presque sensés. Je me lavais les mains aussi souvent que possible pour être sûr de n'attraper aucun microbe. Et puis ces remparts devinrent totalement irrationnels : lors de mes déplacements, je devais absolument prendre le même chemin à l'aller et au retour. Je ne pouvais pas marcher sur les rainures du parquet ou sur des traits au sol.

Ne pas rompre ces cycles était mystérieusement rassurant pour moi. Si chaque jour je prenais soin de les respecter, la vie pouvait continuer tant bien que mal, sans que rien n'arrive.

Mais vous avez beau répéter tous les rituels que vous voulez, si par malheur un jour vous vous retrouvez face à une bête déterminée à vous faire la peau, rien ne vous permettra d'échapper à ses griffes et ses crocs…

1

Été 1985, un coin perdu, au beau milieu des montagnes de l'Oregon

LA FORÊT EST DENSE, quadrillée de troncs épais et robustes comme des piliers antiques. À quelques dizaines de mètres au-dessus du sol, leurs branches entremêlées forment une voûte si opaque que les rayons du soleil estival peinent à percer. Ces arbres démesurés semblent être les gardiens d'un royaume sauvage et interdit. Le calme est saisissant dans cette enceinte, comme si la nature tout entière était à l'affût.

On distingue peu à peu le ronronnement d'un moteur, il provient d'une route en contrebas. Un 4 × 4 Land Rover flambant neuf avale le virage en épingle, sans être freiné pour autant dans son ascension. Derrière lui, un break Mercury peine davantage. Leurs galeries croulent sous de longs paquetages entièrement bâchés.

Ils ont beau être lourdement chargés, les deux véhicules paraissent petits et fragiles au pied des séquoias qui marquent leur passage. Ces géants semblent les juger du haut de leur Olympe.

Sur la banquette arrière de la Mercury, le petit Marcus Coogan les observe, soucieux. Il n'a pas dix ans mais déjà les cernes d'un homme à qui la vie aurait joué trop de mauvais tours. Il se dit que si l'un de ces arbres centenaires s'abattait brusquement sur eux, ce serait la fin.

Il voudrait confier cette inquiétude à ses parents qui voyagent avec tant d'insouciance. Peter et Anika Coogan sont jeunes, pas même la quarantaine. Peter a ce physique athlétique des types qui ont essayé tous les sports de glisse possibles. Il est du genre surfeur décomplexé qui ne se pose pas trop de questions en attendant la prochaine vague. Sa jolie femme, Anika, dégage au contraire une rigueur protestante, sans doute héritée de ses origines norvégiennes. Ils sont la preuve que les contraires s'attirent.

Marcus tourne sa langue dans sa bouche, impatient de chuchoter son appréhension à l'oreille de sa mère. Cette forêt lui donne le vertige, il a la sensation de s'enfoncer mètre après mètre un peu plus dans ses entrailles. Mais il se retient, car il devine les soupirs qui s'ensuivraient. Il connaît trop bien les formules rassurantes que ses parents récitent avec la lassitude des hôtesses de l'air lorsqu'elles énoncent les consignes de sécurité au moment du décollage. Surtout, il redoute la pique assassine que ne manquerait pas de décocher Lia, sa grande sœur. Son casque de walkman vissé sur les oreilles, elle est assise à côté de lui sur la banquette arrière mais on dirait qu'une ligne invisible les sépare, comme dans les films où l'écran est divisé en deux scènes distinctes. Elle a presque le double de son âge et le double de sa taille. Cette supériorité numérique semble l'autoriser à toujours le rabaisser.

Son regard cerclé de noir et ses cheveux teints couleur corbeau dissimulent une blondinette aux yeux clairs. Cette mascarade morbide reflète très bien son caractère ombrageux. Elle contraste tellement avec Marcus et sa tête de petit garçon modèle, parfait pour jouer dans les pubs pour des céréales. C'est peut-être cela qu'elle déteste chez lui, son allure si sage, cette volonté implorante d'être apprécié de tous, comme si c'était la méthode pour accéder au bonheur. Elle, elle ne veut pas plaire. Encore faudrait-il qu'elle sache à qui plaire.

À travers la lunette arrière du Land Rover qui précède la voiture des Coogan, un visage étrange apparaît. Un garçon avec une tête de lune qui les regarde fixement. À détailler un peu sa figure, on reconnaît les traits familiers d'un jeune trisomique.

Anika s'adresse à Peter avec un léger accent scandinave :

— Sam, c'est lui l'aîné ?

— Oui. Il doit avoir un an de plus que Lia. Je sais que Paul et Mary ont quinze ans.

— C'est fou, ils font tellement plus mûrs…

Paul et Mary Brümmer apparaissent de chaque côté de leur grand frère et, en effet, on pourrait croire que Sam est leur cadet. Ils ont une beauté presque irréelle, des visages aux contours parfaits. Ils sont en avance au lycée, on leur a fait sauter une classe mais ils ont beau être plus jeunes que leurs camarades, cela ne se remarque pas, ils paraissent plus matures qu'eux. Tous deux sont maîtres d'échecs. Paul est né le premier et cela peut se sentir à l'ascendant qu'il a sur sa sœur. C'est lui qui commande, même si ça n'est pas de façon péremptoire. D'ailleurs, il n'a jamais de mouvements d'humeur contre elle, même lorsqu'elle lui inflige le mat. Pourtant, il a particulièrement l'esprit de compétition et, face à tout autre adversaire, il ne supporte pas de perdre, cela peut le mettre dans des colères noires. Mary, qui remporte la plupart de ses tournois, a toujours au contraire une expression un peu gênée, comme si elle s'excusait de gagner. Elle dégage une telle douceur qu'elle a désarçonné plus d'un adversaire, sans même s'en rendre compte. C'est sûrement ce calme presque céleste que son frère Paul admire chez elle, et la raison pour laquelle il la respecte tant.

Sam continue de fixer les Coogan. L'insistance du garçon à la tête de lune trouble Marcus. Anika remarque le malaise de son fils :

— Il n'est pas très bavard, mais il t'aime bien, tu sais.

Marcus acquiesce, mais sa mine inquiète le trahit. Le regard étrange de Sam, abyssal, l'absorbe. Et s'il savait que quelque chose de terrible allait arriver, et qu'il tentait de le prévenir à sa façon ?

Marcus tente de se concentrer sur ses tables de multiplication. Une méthode conseillée par son psy pour détourner son attention quand il a une montée d'angoisse. Seulement, Marcus a aussi transformé ce truc en toc. Il ne doit pas se tromper une seule fois en énonçant les chiffres. À la moindre erreur il recommence depuis le début. Cette obsession a toutefois un effet rassurant : s'il récite ses tables une fois sans faute, il pourra sortir de la voiture tout à l'heure sain et sauf.

Anika laisse entendre une pointe de lassitude :

— C'est encore loin ?

— Non, c'est juste derrière la crête, là-bas, répond Peter de bonne humeur.

— On est loin de la ville quand même, ça ne va pas être très pratique pour les courses.

— Tu voulais des vacances en pleine nature, on y est !

— Enfin, je suis plutôt curieuse de voir ce que peut donner un chalet de trappeur avec tout le confort moderne. C'est bien une idée d'Eric ça, d'aller au bout du monde… Je suis sûre qu'ils le font par rapport à Sam…

— Pourquoi ?

— Ici, on ne risque pas de croiser beaucoup de gens. C'est une façon d'éviter le regard des autres… Ça leur fera vraiment des vacances pour le coup…

— Tu me fais marrer avec ton besoin de trouver une explication psychologique à tout. Nancy a hérité de ce chalet et ils l'ont rénové pour en faire une belle maison de vacances, c'est tout !

— Mon pauvre chéri. Vu le fric qu'ils ont, s'ils avaient voulu, ils auraient pu s'acheter une villa au bord de la mer ! Avec cette cabane au milieu de nulle part, ils ont choisi de s'isoler, c'est évident !

— Si tu préférais passer tes vacances à Santa Monica sur une plage bondée, il fallait le dire !

— Je n'ai pas dit ça. Il y a un juste milieu entre Santa Monica et un no man's land… Une heure de route avant le premier patelin, avoue qu'il y a plus pratique.

— On y vient : les reproches… je te signale qu'on a décidé ensemble et que, face à Nancy, tu étais très enthousiaste !

Et la discussion s'envenime de plus belle. Marcus déteste ces joutes verbales, alors il choisit de penser à autre chose, à un autre couple qui va bien, lui, dans la voiture de tête.

Marcus aime beaucoup Eric et Nancy Brümmer. Il admire par-dessus tout l'humour complice qui les lie. Ils se taquinent à longueur de journée mais jamais ils ne se fâchent. Le géant Eric a beau avoir quasiment quatre têtes de plus que sa lilliputienne de femme, ces deux-là sont branchés sur la même fréquence. La famille Brümmer compte aussi un chien des Pyrénées. Nommé Hercule, par manque d'imagination sans doute, ce molosse à l'épais pelage blanc s'apparenterait plus à un grand fauve qu'à un canidé avec ses quatre-vingts centimètres au garrot. Intelligent avec ça, capable d'ouvrir les portes et de les fermer comme n'importe quel Brümmer. Nancy dit toujours, pour plaisanter, que ce qui le différencie du reste de "ses mâles" n'est pas qu'il lève la patte pour pisser mais qu'il relève systématiquement la lunette des toilettes pour le faire !

Cela fascine Marcus de voir Sam jouer aussi librement avec l'animal, lui qui n'a jamais été à l'aise avec les bêtes et leurs réactions imprévisibles. C'est d'ailleurs à Sam qu'incombe la tâche de s'occuper du chien. C'est lui qui remplit son écuelle, change son eau, le promène, et il s'en acquitte parfaitement bien. Sa constance force le respect de Marcus qui n'a jamais été capable de garder en vie un hamster plus de trois semaines.

Peter a rencontré Eric l'année précédente pendant un stage de deltaplane. Cette passion commune et leur goût de l'aventure ont scellé une amitié immédiate. Anika et Nancy, qui aiment toutes les deux la randonnée, se sont elles aussi bien trouvées. C'est ainsi qu'ils ont décidé de partir tous ensemble cet été. Marcus se serait bien passé de ces vacances pour scouts en mal de sensations fortes. Ce séjour avec une autre famille ne l'enchante guère, il ne supporte pas l'idée que ses toc puissent devenir une source de curiosité. Comme toujours, sa mère l'a défendu, mais son père n'a pas lâché l'affaire cette fois. Pour argumenter, il a eu la maladresse de dire que, face à un enfant trisomique, il espérait bien que son fils ne soit pas le centre de toutes les attentions ! Le mur séparant sa chambre de celle de ses parents ne l'a pas protégé de leur conversation et la réflexion a heurté Marcus de plein fouet.

Un bruit sourd résonne dans les bois. Depuis l'arrière de la Mercury, Marcus l'a remarqué le premier, il s'est redressé sur son siège pour tenter de l'identifier. Plus ils avancent, plus le grondement s'amplifie. Est-ce le puissant moteur d'une machine ? Non, ça n'en a ni les cliquetis ni les sons de rouages rassurants. Rapidement, son esprit passe en revue tous les dangers possibles : des arbres en train de tomber ? Non, le bruit ne ressemble pas à celui de troncs qui se brisent et de branches qui s'entrechoquent. Les autres occupants de la voiture ne s'inquiètent toujours pas. Marcus semble être le seul à percevoir ce qui va entraîner leur perte. Il ressent maintenant des vibrations tout autour du véhicule. En pleine montagne, un tel bruit… c'est un éboulement ! Des pierres et des rochers arrivent droit sur eux. Il doit les prévenir, leur dire de faire marche arrière à toute vitesse. Il faut fuir !

Marcus commence à tourner la poignée pour remonter sa vitre afin de se protéger des premières pierres qui vont fatalement frapper la voiture. Cette fois, il ose :

— Maman…

Mais une lumière aveuglante l'éblouit, le coupant dans son élan. Il n'a pas le temps de remonter sa vitre qu'un violent souffle lui gifle le visage.

C'est une cascade, là, à quelques dizaines de mètres. Elle réfléchit la lumière du soleil. Une telle puissance s'en dégage que c'en est étourdissant. Ce serait magnifique si ce n'était pas si effrayant.

Anika se retourne vers son fils :

— Oui, chéri ?

Marcus ne dit plus un mot, sa mère ne le relancera pas, elle a l'habitude de ses "fausses alertes". La chute d'eau se déverse sous un vieux pont de bois et de fer, juste devant eux. La structure mène à l'autre versant, là où se dresse brusquement une montagne aux reliefs si tranchants qu'on se demande par quel miracle les sapins y restent accrochés. Le grondement hostile de la cascade paraît provenir de la montagne elle-même. Marcus aimerait rebrousser chemin, dire à ses parents qu'il faut rentrer, que le danger est partout ici. Mais il redoute de se fourvoyer une fois de plus, alors il se tait.

La voiture avance au pas sur les planches de bois humides du pont et leur laisse tout le loisir d'admirer le spectacle. Même Lia s'est penchée à la fenêtre pour contempler la cascade dont les gouttelettes viennent chatouiller son visage.

— C'est magnifique, n'est-ce pas ? dit Anika à ses enfants.

— Alors, on ne vous avait pas menti ?! s'exclame Peter en actionnant les essuie-glace. On va pouvoir faire des randonnées formidables ici !

Mais aucun des deux enfants ne leur répond. Lia, réfugiée dans sa bulle musicale, et Marcus, concentré sur le moindre signe d'affaissement de la passerelle.

Les deux véhicules franchissent le pont et continuent leur insolente ascension, bravant les côtes et les tournants escarpés. Le convoi dépasse la crête et le chalet apparaît enfin, à flanc de montagne. C'est une grande bâtisse de bois à un étage qui semble sur le point d'être happée par la forêt.

2

LES VOITURES SE GARENT sur le lit de mousse de la cour. Plus bas, un champ en pente envahi par les mauvaises herbes offre une vue splendide sur les montagnes environnantes. Au bout du terrain, une remise a curieusement été construite au bord de la falaise. Les puissants moteurs éteints, le calme revient. À deux mille mètres au-dessus d'eux, le pic de la montagne domine le paysage. Marcus s'est récité les tables de multiplication sans hésiter une seule fois mais, en descendant de la Mercury, il n'est pas rassuré pour autant par le prétendu refuge.

Eric se dirige vers un petit cabanon à l'arrière du chalet, juste à la lisière des bois. Il pénètre à l'intérieur et un bruit de moteur se fait bientôt entendre, troublant définitivement la quiétude des lieux. Nancy le rejoint, l'air contrarié :

— Je ne pensais pas qu'un groupe électro, c'était aussi bruyant. La nuit, ça va être agréable…

— Je l'attendais celle-là, s'en amuse Eric, en lui montrant des batteries reliées au groupe électrogène. Eh non ! Car j'ai fait monter des accumulateurs qui se rechargent pendant la journée et qui prendront le relais à partir de dix heures du soir jusqu'au matin huit heures…

— Qu'est-ce que tu es astucieux, mon chéri ! dit-elle, un rien ironique.

— Est-ce que ça conviendra au confort de madame Brümmer ?

Satisfaite, Nançy l'embrasse sur la joue et repart aussitôt en direction du chalet. Elle ouvre la moustiquaire de la porte de derrière et entre la clef dans la serrure, sans parvenir à la tourner.

— Par contre, tu n'as pas réparé la serrure de la porte de la cuisine, elle bloque toujours ! lance-t-elle en s'éloignant.

Le sourire d'Eric s'efface. Il grimace dans son dos pendant qu'elle se dirige vers l'entrée principale.

C'est Nancy qui distribue les chambres : ses trois enfants dans la grande à l'étage, à côté des deux "suites" prévues pour les parents, Lia et Marcus dans celle du rez-de-chaussée. Chacun décharge ses affaires et retrouve ses vieilles habitudes. Lia s'engueule avec sa mère, car elle ne veut pas partager sa chambre avec Marcus. Mary empêche Paul d'écraser une pauvre araignée trouvée dans la salle de bain et s'emploie à la mettre dehors saine et sauve. Tout ce petit monde s'anime, prend possession des lieux ; tous, excepté le plus jeune.

Marcus demeure sur le perron sans oser entrer. Il observe la bâtisse, comme un démineur scrutant une zone à risques afin d'en détailler tous les pièges.

À voir l'état des poutres, pas besoin de carbone 14 pour dater le chalet de plus d'une centaine d'années. La simple couche de peinture et les quelques meubles récents ne font pas longtemps illusion, une odeur de renfermé et de bois moisi indispose les narines. Mais il y a pire, le sol du séjour est entièrement recouvert d'un parquet rustique. Impossible pour Marcus de traverser la pièce sans "briser" les lignes formées par les lattes. Des centaines de rainures lui barrent totalement le passage.

Anika a l'habitude d'anticiper les problèmes liés aux troubles du comportement de son fils.

Elle a tout prévu : son mari et elle se dépêchent de sortir des rouleaux de moquette du coffre de la voiture. Sûrement des invendus que Peter a récupérés à la boutique de décoration intérieure où il travaille. Ils commencent à les dérouler sur le parquet. Les morceaux font environ soixante centimètres de large, mais leurs longueurs et leurs couleurs varient. Ils en étalent jusqu'à la chambre de Marcus, et de celle-ci à la salle de bain, à la cuisine… Partout où les rainures pourraient entraver les déplacements de leur fils.

La famille Brümmer savait à quoi s'attendre, mais l'installation dépareillée est vraiment trop absurde. Sam ne comprend pas du tout à quoi cela peut bien servir. Pour dédramatiser la situation, Nancy trouve une habile explication :

— C'est pour qu'on puisse marcher partout dans la maison, sans risquer de se prendre une écharde !

Marcus se sent dépassé par les conséquences de ses névroses pour son entourage. Cependant, il n'ose rien dire. Il sait que, sans cela, il ne pourrait pas poser un pied dans le chalet. Alors, comme un grand brûlé qui doit supporter les regards curieux sur ses bandages, il se contente de baisser la tête, honteux et gêné.

Lia soupire en traversant le patchwork de moquettes étalées dans tous les sens. Comme un fait exprès, elle se prend les pieds dedans et manque de s'étaler. Elle se retourne vers sa mère, furieuse :

— On peut dire que ça lui sert vachement d'aller voir un psy !

Tout le monde l'a distinctement entendue. Marcus, humilié, voudrait disparaître. Il aimerait faire mentir sa sœur, mais il en est incapable. Alors, il se résigne à emprunter le chemin de sa chambre tracé par une bande de moquette violette. Il referme la porte et s'assied sur son lit.

Marcus a honte de ce toc plus que de tous les autres, car il est de loin le plus visible et, surtout, le plus handicapant. Cette infirmité, Marcus sait qu'il ne pourra jamais s'en défaire. Il a déjà tenté de briser cette chaîne qui l'entrave. Il se rappellera toujours ce fameux soir où il a essayé.

Cela aurait dû être un réveillon de nouvel an comme un autre. Marcus venait de recevoir à Noël le cadeau dont il rêvait : une boîte de petits cyclistes en plastique du Tour de France. Allez savoir pourquoi, il est passionné depuis son plus jeune âge par cette compétition sportive de l'autre bout du monde. Qui plus est, son père lui avait construit une montagne en carton-pâte afin qu'il puisse reproduire son étape préférée, le “mont Ventoux”, que Marcus aime prononcer avec l’accent français. La maquette était si imposante qu’il l’avait installée dans le salon. À cette époque, Marcus était déjà sujet à des troubles mineurs du comportement, sans trop de conséquences sur sa vie ou celle de sa famille. Il était facile de le rassurer, d’infléchir ses craintes et de l’aider à les dépasser. Il était notamment phobique des vibrations et les guettait en permanence. Car depuis un certain temps, parfois la nuit, quand il était couché dans son lit, quelque chose faisait trembler la porte de son placard, comme si un monstre voulait en sortir. Il en faisait des cauchemars. Sa mère avait beau lui dire que c’était le fruit de son imagination, il n’était pas fou ; quand il posait sa main sur le mur de sa chambre, il sentait bien quelque chose bouger. Marcus avait fini par croire à l’existence d’une bête cachée et, pour le rassurer, sa mère pulvérisait tous les soirs sous son lit et dans son placard un “répulsif à monstres”. En fait, c’était une simple bombe aérosol de sent-bon au bois de rose que son père avait recouverte avec une étiquette de sa confection. L’effet placebo fonctionna, et Marcus ne fit plus de cauchemars. Mais cela ne dura qu’un temps, jusqu’à ce fameux soir.

C’était le tout début des relations amicales entre les familles Brümmer et Coogan. Les parents étaient partis réveillonner ensemble, laissant à Lia la responsabilité de veiller sur les autres enfants. Marcus avait tout de suite été mal à l’aise en présence de Sam. Il ne pouvait s’empêcher de l’observer. Sa mère avait eu beau lui répéter qu’il était un garçon comme lui, il était forcé de constater leurs différences. Marcus avait toujours ce besoin de tout classer : les livres qu'il avait lus par genre, les coureurs cyclistes par spécialité, dissociant les grimpeurs des sprinters. Mais dans le cercle des personnes qu'il côtoyait, Sam demeurait inclassable. Il ne parlait presque pas. Et c'était peut-être cela qui inquiétait Marcus, ce silence qui le rendait insondable, impossible à cerner.

Ses rapports avec Lia étaient déjà tendus à l'époque et, ce soir-là, elle n'avait rien fait pour le mettre à l'aise avec Paul et Mary. Elle s'était moquée ouvertement de ses toc. Notamment celui qui l'empêchait de marcher sur le grand tapis barré de rayures abstraites qui se trouvait juste devant la télévision. Les parents l'avaient laissé là en toute conscience, pour empêcher Marcus de la regarder en leur absence. Cette anecdote avait beaucoup plu à Paul, tandis que la jolie Mary s'était montrée compatissante. Marcus s'était senti mis de côté, rangé dans la case des "curieux spécimens". D'autant plus que leur mère avait été bien claire avant de partir : il leur était interdit de regarder des films trop impressionnants pour lui. Paul avait dû ranger à regret la sélection de vidéos qu'il avait apportée pour l'occasion. "Même *Gremlins* ? Mais ça ne fait pas peur !" avait protesté Paul. "*E.T.* l'a traumatisé...", avait répondu Lia d'un air las.

Du coup, faute de mieux, Paul avait proposé de jouer à Action ou Vérité. Marcus avait accepté de participer pour tenter de réintégrer le groupe, de ne pas être mis à l'écart, à l'image de Sam qui lisait son *comics* seul dans son coin. Marcus n'avait pas senti le piège qui se refermait sur lui. Car c'était bien là que tout avait commencé.

Action ou Vérité est le jeu le plus pervers du monde dès l'instant où vous n'êtes pas sûr de vous. Tout est fait pour vous tester, vous prendre à défaut, vous embarrasser.

Mary avait commencé en choisissant : Vérité. Paul lui avait demandé si elle avait déjà embrassé quelqu'un, ce à quoi elle avait répondu oui sans en être troublée le moins du monde. Les jumeaux paraissaient parfaitement rompus à cet exercice. Lorsque cela avait été au tour de Lia, qui avait choisi Action, Mary lui avait donné un gage franchement spécial que l'on n'attendait pas de sa part : elle devait soit embrasser Paul, soit manger des baies de gui. Marcus s'était inquiété que sa sœur choisisse le second car le gui, c'est du poison. Mary avait donc rectifié : embrasser Paul ou le gifler. L'atmosphère n'était plus si bon enfant. Lia s'était doucement approchée de Paul, qui tâchait de rester le plus cool possible, histoire de montrer que rien ne pouvait l'atteindre. Elle avait tendu ses lèvres vers celles du garçon et, brusquement, elle lui avait décoché une énorme claque. Sam s'était immédiatement levé, prêt à défendre son frère, et Mary avait dû le calmer en expliquant que tout cela n'était qu'un jeu. En se rasseyant à sa place, Sam avait répondu "Jeu de mains, jeu de vilains" avec sa grosse voix mal assurée.

Marcus pressentait que tout cela allait mal finir. Il n'avait pas tort.

Vint son tour et c'est bien entendu Lia qui devait lui lancer le défi, sinon cela aurait été trop simple. En choisissant Vérité, Marcus redoutait qu'elle lui pose des questions trop intimes : il n'avait jamais embrassé personne, il ne voulait pas qu'on se moque de lui. Marcus hésitait, se reprit plusieurs fois, ce qui fit rire les autres. Il choisit finalement Action en oubliant à quel point cela pouvait le mettre à l'épreuve.

Lia le défia alors de marcher sur le tapis devant la télévision.

— Tu vois, je suis pas méchante, c'est facile ! ajouta-t-elle ironiquement.

Il devait donc franchir les lignes pour cela.

— Tu sais bien que je ne peux pas, avait-il supplié.

Mais Paul avait insisté, en disant que ça le libérerait de ses toc. Lia renchérissait :

— Tu le faisais bien quand t'étais plus petit, alors arrête ta comédie ! Tu crois quoi ? Que ça va réveiller des monstres ? Que ça va empêcher la Terre de tourner ?! Allez, fais-le une fois pour toutes, pour qu'on ait la paix !

Même Mary s'y était mise :

— C'est pour ton bien, après tu seras tranquille.

Toujours avec ce prétexte que ça l'aiderait à soigner ses peurs. Sous la pression du groupe, il finit par céder et s'élança sur le tapis, franchit une première ligne, puis brisa les suivantes, comme autant d'affronts à ses interdits. L'épreuve traversée, les autres le félicitèrent en riant, amusés par son expression livide. Il leur sourit sans conviction, cherchant leur complicité, un semblant de connivence.

Mais, brusquement, un énorme choc retentit, suivi d'un tremblement terrible. Sam était étendu sur le sol, pris de convulsions. Ses membres s'agitaient comme ceux d'un automate déréglé. Ses yeux révulsés, la bave coulant de sa bouche, le sang s'échappant de son front, sa main crispée froissant son *comics*, Marcus ne pourrait jamais les oublier. Et au milieu des lignes abstraites du tapis, la tache rouge qui s'était formée, toute ronde, presque symétrique, à croire que ce soleil de fin du monde avait toujours fait partie du dessin. Et les tremblements, encore eux, qui bousculaient sa montagne en carton et faisaient chuter ses cyclistes un à un. Le chaos.

Plus tard, sa mère expliqua à Marcus que Sam souffrait de crises d'épilepsie. Il avait oublié de prendre ses médicaments et c'était pour cela que c'était arrivé. Seulement, ces explications d'adulte n'apaisèrent pas l'enfant pour autant. Il avait transgressé son toc et le pire était arrivé. Anika eut beau lui répéter qu'il n'y était pour rien, il resta secrètement persuadé d'être à l'origine de ce chaos. Dans son for intérieur, il était l'épicentre du séisme qui avait secoué Sam. Il avait maintenant la preuve qu'il ne devait plus jamais braver ses toc. Ce soir-là, le "répulsif à monstres" n'eut pas l'effet escompté et son odeur de bois de rose fut plus écœurante qu'autre chose pour Marcus. Il eut la nausée toute la nuit et c'en fut terminé de ce remède de charlatan.

Marcus ne se remit jamais tout à fait de cet événement, les cauchemars revinrent, plus sombres et plus inquiétants encore. Et parfois, la nuit, il lui semblait à nouveau ressentir des vibrations dans le mur, comme si un monstre invisible mais bien réel était tapi là quelque part…

3

LE CHUINTEMENT DE LA POIGNÉE DE PORTE arrache Marcus à ses souvenirs. Anika entre dans la petite chambre du chalet avec son habituel sourire bienveillant censé signifier que tout va bien. Elle vient s'asseoir sur le lit à côté de lui. Selon leur même rituel, tandis qu'il pose sa tête contre son épaule, elle lui caresse tendrement la joue.

— Je veux rentrer à la maison, assène Marcus.

— Ta sœur s'est mal comportée avec toi, mais il ne faut pas que…

— Ça n'a rien à voir avec Lia, l'interrompt-il. Je ne me sens pas bien ici. Je n'aime pas ce chalet. Je veux rentrer à la maison.

— Enfin Marcus, on vient juste d'arriver… Tu ne peux pas juger aussi vite.

— Toi aussi tu reprochais à papa qu'on se retrouve loin de tout ici…

Anika ne peut argumenter face à cette vérité, alors elle préfère parler d'autre chose :

— On va faire des belles balades, tu verras. Tu pourras prendre des photos avec mon appareil et après, on fera un album que tu montreras à Miss Damon, peut-être même qu'elle voudra que tu racontes ton voyage à tes camarades.

— Je m'en fiche de tout ça. Je ne veux pas rester ici. Je sens que c'est dangereux… S'il nous arrive quelque chose, personne ne pourra nous venir en aide…

— On ne risque absolument rien, voyons. De quoi as-tu peur ?

— Il y a plein de bêtes sauvages dans les bois…

— Enfin Marcus, de quoi parles-tu ? On n'est pas au milieu de la jungle ! Il n'y a pas de tigres…

— Et les ours… Qu'est-ce qu'on peut faire contre les ours ?!

Marcus sent son plexus se serrer. Soudain, il n'arrive plus à respirer. Une crise de panique commence à monter. Anika le comprend instantanément. Elle lui masse doucement le dos tout en lui parlant d'une voix rassurante, sa voix de maman. Elle seule peut le tranquilliser lorsqu'il se met à angoisser.

— Calme-toi… Il n'y a aucun danger ici. Les ours craignent les hommes. Ils les fuient. Même s'ils s'approchaient un peu trop de la maison, les aboiements d'Hercule les feraient partir. Il a été dressé pour défendre sa famille. Crois-moi, on ne risque vraiment rien avec lui à nos côtés. C'est normal que tu sois impressionné, tout ça est tellement nouveau pour toi. C'est le docteur Thomasson qui nous a vivement conseillé de t'emmener ici. Il nous a dit que ça te ferait le plus grand bien de vivre en dehors de la maison. S'il l'a dit, c'est qu'il sait que tu es capable de le faire. Tu ne crois pas ? Je suis sûre que dans quelques jours tu aimeras tellement l'endroit que tu ne voudras plus en partir !

La dernière phrase résonne curieusement dans la tête de Marcus. Il a la sensation fugace mais intense d'être prisonnier du lieu. Comme si les derniers mots prononcés, "plus en partir", étaient un présage. La montagne tout entière va l'avaler pour l'éternité. La pièce commence à tourner autour de lui. Il ferme les yeux.

— Tout va bien, Marcus. C'est juste un vertige. Ouvre les yeux, Marcus ! Fixe un point. Regarde ça, là-bas.

Sa mère désigne un étrange ornement accroché à la fenêtre. On dirait un objet de culte indien. Un cercle de bois de la taille d'une assiette à dessert, décoré par des plumes, dont le centre est tissé comme une toile d'araignée. La curiosité de Marcus le soustrait soudain à son trouble.

— Qu'est-ce que c'est ?

— C'est un attrape-rêves. Il a des propriétés magiques, tu sais ? Les Indiens en fabriquaient pour emprisonner les cauchemars. Ici, tu vas bien dormir, tu feras de beaux rêves grâce à lui ! Mais il te protégera aussi des mauvais esprits et des idées noires qui te viennent.

Marcus est sceptique, mais Anika insiste :

— Je t'assure, j'ai lu un livre là-dessus. Ça marche vraiment ! Mais pour ça, il faut que tu y croies au plus profond de ton être.

Marcus hoche la tête. Il ne se demande pas s'il est convaincu ou non, il a besoin d'un antidote. Il reçoit celui-ci avec soulagement. Il espère que ce grigri lui permettra de passer un bon séjour. Il veut y croire, il le croit. Désormais, il est protégé par la magie indienne, la magie indienne veille sur lui. Il sera bien ici, il n'y a plus de danger.

Le pouvoir de l'autopersuasion peut parfois avoir des effets spectaculaires. Au dîner, Marcus est à nouveau serein. Il a le cœur plus léger et reprend avec appétit un morceau des délicieuses côtes de bœuf grillées par son père, "maître ès barbecue". Malgré la douceur estivale, le repas a été servi à l'intérieur pour éviter les moustiques. Il est rythmé par les pitreries d'Eric qui adore faire des tours de magie pour épater la galerie. Mais il est aussi doué qu'un éléphant le serait pour enfiler des aiguilles. Paul et Mary voient tous les trucs de leur père et, s'ils lui demandent de recommencer, c'est pour mieux le mettre en boîte. Parfois, sur un malentendu, il réussit un de ses tours, alors son enthousiasme est tel qu'il le communique à toute l'assemblée.

Le vin aidant, Nancy se lève guillerette pour porter un toast. À voir comme elle soigne sa diction et sa pose, on peut dire que ses cours de théâtre amateur lui ont donné toute la confiance nécessaire pour ce genre d'exercice :

— Je tiens à remercier Peter pour ses talents exceptionnels de cuisinier ! Je remercie aussi la belle Anika d'avoir su dresser son ours de mari et de l'avoir rendu assez sociable pour qu'il accepte de sortir de sa tanière afin de passer ces quelques jours en notre compagnie…

Anika sourit, en faisant un signe mitigé de la main. Tout le monde rigole.

Nancy poursuit, en cabotinant de plus belle :

— ... Ainsi que ses enfants, l'adorable Marcus et la... la... chouette Lia !

Lia fait bonne figure, mais l'hésitation ne lui a pas échappé, elle est soûlée par le cérémonial, elle n'aime pas Nancy et sa façon de se mettre toujours au centre de tout.

Celle-ci continue en se tournant vers une photo en noir et blanc accrochée au-dessus de la cheminée. Celle d'un vieillard à grande barbe blanche, accroupi près d'une rivière, le visage fermé, bouclé à double tour; un de ces regards perçants qui font froid dans le dos, des yeux si clairs que les pupilles paraissent avoir brûlé le papier photo.

— Je tiens tout spécialement à remercier mon grand-père, le pathétique chercheur d'or Isaac Thorton qui, à défaut d'avoir trouvé la moindre pépite ici, a construit ce chalet, que dis-je, ce palais de rondins qui nous permet aujourd'hui de passer ces merveilleuses vacances tous ensemble !

Eric ajoute en aparté à Peter, de façon faussement discrète :

— Sans compter mon merveilleux mari qui a fait chauffer sa carte bleue comme jamais pour rendre le tas de rondins vivable...

Nancy vient alors s'asseoir sur les genoux de son mari et l'embrasse affectueusement.

— ... et grâce à mon mari bien-aimé, sans qui...

— ... je ne serais rien ! la coupe Paul, en imitant sa mère avec emphase.

Il saisit un grand poivrier posé sur la table et le serre dans ses mains comme s'il s'agissait d'un Oscar :

— … sans qui je n'aurais jamais eu ce prix ! Ce rôle de mère courage, je vous le dois, mes enfants ! Je vous aime ! Ah chéri, chéri !

La tablée pouffe de rire et Paul recueille tous les applaudissements aux dépens de sa mère. Nancy lui lance une serviette sur la tête pour le faire taire.

Au moment de se coucher, Marcus parcourt la bibliothèque du chalet. L'histoire du grand-père chercheur d'or a ravivé sa curiosité. Bien que les rayons ne soient pas très fournis, peut-être y trouvera-t-il un de ces romans d'aventures à la Jack London qu'il affectionne tant. Son attention s'arrête sur un vieux livre, le titre l'intrigue : *Ses griffes et ses crocs*. Sur la couverture, un Indien désigne une montagne au lecteur comme s'il voulait le prévenir d'un danger. Marcus croit la reconnaître. Il vérifie à la fenêtre alors que la nuit tombe : en effet, la forme qui se dessine en ombre chinoise est parfaitement identique. Le même sommet massif et arrondi avec juste une aiguille acérée, telle une dent de requin. Intrigué, il commence à lire la quatrième de couverture : "La Montagne Noire renferme un secret, ou plutôt une malédiction, depuis la nuit des temps : quiconque s'en approche risque un grand péril…" Marcus n'a pas le temps de finir sa phrase que le livre lui est retiré des mains par sa mère.

— L'attrape-rêves est efficace, dit-elle, mais il a ses limites… Je préfère que tu lises des histoires moins impressionnantes. Tu veux bien ?

Le ton appuyé a attiré l'attention de Nancy qui adresse un regard désolé à Anika. Elle interpelle Marcus et l'invite à venir voir le dernier tour de son mari, histoire de l'éloigner. Le garçon obéit et retourne au spectacle de magie qui, décidément, n'en finit pas.

Nancy rejoint son amie et s'excuse en chuchotant, comme si elle avait commis un impair. Les deux mères inspectent les titres de la bibliothèque et en profitent pour vider les étagères des livres indésirables. Puis Anika prend la pile pour l'emporter dans sa chambre à l'étage. Eric plaisante en la voyant passer :

— Si tu veux que je les fasse disparaître d'un coup de baguette magique, demande-moi !

— Je crois que je serai plus efficace toute seule, réplique malicieusement Anika.

En retrait, Marcus observe leur manège. Décidément, sa mère anticipe tout ce qui pourrait l'impressionner. Seulement, il se sent toujours plus isolé, pareil à un enfant bulle, condamné à rester enfermé dans une zone stérile.

4

LE CHALET REPOSE DANS LA QUIÉTUDE d'une nuit sans nuage. La pleine lune illumine d'une clarté presque fantastique l'intérieur. Dans sa chambre, Lia est couchée dans son lit, sujette à une de ses insomnies. Elle passe le temps à ressasser, comme à son habitude, les yeux fermés. Elle repense à l'engueulade qu'elle a eue avec sa mère quand elle s'est plainte de devoir partager sa chambre avec Marcus. Elle qui aime laisser traîner ses affaires, avoir son petit "bordel organisé", elle est obligée de tout ranger avec cet obsessionnel de l'ordre. Elle avait été si soulagée quand elle avait enfin obtenu une chambre pour elle toute seule dans leur maison. Elle ne supportait plus de sentir le stress de son frère dès qu'elle touchait un objet. D'assister à toutes ses manies, ce bureau impeccable et ces jouets rangés dans leurs boîtes parfaitement disposées sur les étagères. Et voilà qu'en vacances on lui refait subir ce supplice. Tout ça pour qu'il ne soit pas seul dans cette maison qu'il ne connaît pas.

Les besoins de Marcus sont toujours prioritaires, et ses besoins à elle, ils ne comptent pas ?

Un murmure très faible extirpe Lia de ses pensées. Elle constate que le lit de son frère est vide. Elle découvre Marcus debout à la fenêtre, qui regarde au-dehors. Ce petit corps longiligne, immobile en contre-jour, ressemble à un spectre. La respiration de Lia s'interrompt d'effroi. Mais la colère succède vite à la peur. Elle dit à voix haute, espérant sans doute être entendue par ses parents :

— Marcus, t'as rien à foutre là, va te recoucher !

Mais celui-ci ne réagit pas, comme s'il était ailleurs et que, dans cette nouvelle dimension, la voix de Lia n'existait pas. Sans quitter des yeux la fenêtre, il commence à parler comme en plein jour :

— Pas demain, mais après, bientôt je ne serai plus là. Il ne faudra pas être triste, Lia, c'est naturel de mourir. Il faudra que tu continues à vivre, même si tu es seule au monde.

Glacée, Lia reste silencieuse. Elle scrute le visage de son frère qui se reflète dans la vitre, traquant la supercherie, le moment où il va éclater de rire. Mais rien ne transparaît dans son regard vide et lointain.

Marcus se contente de retourner se coucher et son "fantôme" disparaît. Lia reste tétanisée. Son frère n'a jamais été somnambule. Était-ce simplement une mauvaise blague ? Ce dont elle est certaine, c'est qu'elle ne trouvera plus le sommeil maintenant. Et déjà, elle lui en veut de l'avoir ébranlée à ce point. Elle regarde l'attrape-rêves qui se balance doucement sur lui-même.

— Pour faire des beaux rêves, tu parles !

Jusqu'ici, Lia n'a jamais eu peur de rien ni de personne. Elle pratique même le spiritisme et ne se prive pas à l'occasion d'invoquer les esprits, histoire de les narguer un peu. Lia a toujours aimé défier la mort. Il faut dire qu'elle en a une certaine expérience, ou tout au moins qu'elle l'a côtoyée très jeune. Elle en a réchappé plusieurs fois, manquant de mourir écrasée par une voiture à l'âge de deux ans, électrocutée en mettant une aiguille dans une prise à cinq ans, étouffée par un bonbon à huit ans. Sa mère lui dit souvent qu'elle devrait être reconnaissante envers son ange gardien. Ce à quoi Lia répond invariablement qu'elle n'a de comptes à rendre à personne et qu'elle n'a jamais demandé à naître !

L'été d'avant, il s'en était fallu de peu. Elle était en colonie de vacances. Lia a toujours détesté le concept même de ces camps scouts où tout le monde a un uniforme identique et où la norme est de rigueur. Elle avait protesté, refusé d'y aller, mais elle avait finalement dû plier devant l'inflexibilité de sa mère. Lia traversait une mauvaise période, elle avait même boxé un garçon du lycée à cause d'une simple remarque sur son physique. Anika pensait qu'il fallait lui remettre un peu les idées en place, et que côtoyer d'autres filles de la bonne société protestante aurait une influence positive sur sa fille. Mais ce fut tout le contraire. Lia était dépitée d'être là, si différente des autres avec son air ténébreux. Elle n'était pas du tout à sa place. Comme une araignée au milieu d'un nid de fourmis, le vide se fit d'abord autour d'elle, avant l'attaque inévitable pour éradiquer l'intrus. Dans cette colonie protestante où étaient louées chaque jour les valeurs chrétiennes, un déluge de crasses et autres méchancetés se déversa sur Lia. En randonnée, on remplit son sac de vieilles algues pourries malodorantes, sous la douche on lui jeta un lombric géant immonde. Les “jeunes filles pieuses” qui l’entouraient pouvaient lui faire ce qu’elles voulaient, Lia ne caftait pas. Un an plus tôt, elle leur aurait cassé la figure, car elle n’était pas de nature à se laisser faire, mais là c’était différent, désormais plus rien ne la motivait, même pas se défendre. Elle subissait, car ça n’avait plus d’importance. Tout allait de travers depuis quelque temps. Marcus qui la réveillait toutes les nuits avec ses crises d’angoisse, et dont elle ne supportait plus les inquiétudes permanentes. Sa mère totalement obnubilée par son frère et qui ne s’apercevait de l’existence de Lia que pour lui reprocher sa façon de se tenir, de s’habiller, de se coiffer, de prendre du poids… À croire que sa fille n’était pour Anika qu’une poupée récalcitrante. Son père, qui avait mis une certaine distance avec elle depuis qu’elle était devenue une jeune femme, et dont elle ne pouvait plus profiter des bras réconfortants sans sentir une certaine gêne. Pour finir, son amie Sandra Newman – autre *freak* gothique du lycée – avec qui elle entretenait jusque-là une relation fusionnelle, et qui l’avait récemment abandonnée pour un “prince des ténèbres” de terminale. Oui, Lia était bien seule, sans perspectives, sans passion et, chaque matin, il lui était plus dur de trouver l’énergie de se lever pour affronter la journée. Alors ce jour-là, quand elle dut partir en canoë avec les filles dont elle était le souffre-douleur, Lia ne demanda même pas à changer d’équipage. Fataliste, elle se plaça à l’avant de ce cercueil flottant sans broncher. Elle avait glissé deux lourdes pierres dans les larges poches de son pantalon trop grand. Sans se l'avouer, elle avait décidé qu'elle allait leur faire payer pour tous les autres, elle allait les confronter à sa "vieille amie", la mort.

Comme Lia s'y attendait, dès que l'embarcation du moniteur fut hors de portée, les filles la poussèrent dans les eaux sombres du lac. Elle ne leur fit pas le plaisir de crier, malgré le choc thermique qui la frappa telle une claque glacée, ne chercha pas non plus à se débattre pour remonter à la surface. Non, elle se laissa simplement couler. Et elle jubilait en observant leurs reflets troubles, paniqués de voir flotter son gilet de sauvetage, qu'elle avait pris soin de ne pas attacher. Les poids dans ses poches l'entraînèrent vite au fond du lac. Elle était bien, immergée dans ce doux froid sombre qui l'anesthésiait. La surface et sa lumière vive, blessante, était si loin maintenant, l'obscurité autour d'elle si reposante. À cet instant, plus rien n'avait d'importance, elle allait disparaître et tout rentrerait dans l'ordre, rien ne serait plus compliqué, rien ne serait plus jamais dur à vivre. Sa "vieille amie" était là pour la soulager définitivement. Puis, à court d'oxygène, Lia commença à avaler de l'eau et ce fut soudain beaucoup moins simple qu'elle ne l'avait imaginé. Cette sensation d'étouffement était atroce. Elle suffoqua et perdit connaissance.

Le moniteur plongea juste à temps pour la récupérer, à ce qu'on lui raconta plus tard. Apeuré des conséquences d'une telle négligence de sa part, il lui fit promettre de ne rien cafter et, à dire vrai, ça arrangeait aussi Lia de ne pas avoir à s'en expliquer aux parents. Si bien que cette dernière valse avec la mort demeura son secret. L'expérience l'avait quelque part soulagée. Lia savait désormais que, si tout allait trop mal, elle pourrait à nouveau faire appel à sa "vieille amie" comme ultime remède.

5

LE LENDEMAIN, au petit-déjeuner, les deux familles ont investi la grande table en bois du séjour. Les parents vont et viennent dans la cuisine. Peter et Eric échafaudent leurs vols en deltaplane, tandis que leurs femmes se moquent des airs baroudeurs qu'ils se donnent. À entendre leurs récits, on dirait qu'ils ont été les premiers à survoler les Rocheuses.

Sam est déjà sorti de table et fait ses séries de pompes quotidiennes un peu à l'écart près de la cheminée. Paul est excédé :

— Tu peux aller faire ta muscu plus loin ? En plus, tu fais ça n'importe comment ! Les séries trop longues, ça fatigue les muscles au lieu de les développer ! Juste après le petit-déj', en plus…

Paul se montre vite impatient avec son aîné. Il faut dire que depuis que les jumeaux sont en âge de s'occuper de leur frère, Peter et Nancy leur en ont quasiment laissé la charge. Rien n'a été décidé de façon formelle, cela s'est fait insidieusement. Ils ont peu à peu pris le relais de leurs parents pour éduquer leur "grand-petit frère" comme ils l'appelaient avec affection au tout début. C'est donc Paul qui lui a appris à compter, enchaînant les exercices mathématiques sur le tableau noir installé dans leur chambre. Il a essayé également de lui enseigner les échecs mais, trop impatient, il finissait toujours par disputer Sam quand il se trompait grossièrement. Aussi, comme selon Paul, il n'existe que deux manières de s'en sortir dans la vie – soit par l'intelligence, soit par la force –, il l'a initié au sport et notamment au volley, que Sam adore. Depuis, comme une obsession, Sam fait de la musculation tous les jours. Mary, qui se destine à devenir illustratrice, lui a donné le goût du dessin. Elle l'a aussi aidé à améliorer sa lecture et continue à lui apprendre un mot par jour. Cette hyper-sollicitation a permis à Sam d'être relativement autonome malgré son handicap, mais cela ne change pas sa nature profonde de grand solitaire timide qui, associée à son physique atypique, le rend toujours étrange aux yeux des autres.

Sans interrompre le dessin qu'elle était en train de faire, Mary s'adresse calmement à son frère aîné :

— Sam, s'il te plaît, ce n'est pas très agréable de t'écouter souffler comme un bœuf pendant qu'on déjeune. Tu ne veux pas faire ça plus tard ?

Sam, ruisselant de sueur, s'arrête, opine du chef et retourne s'asseoir à la table pour boire son jus d'orange.

Marcus est de bonne humeur, étonnamment détendu pour une fois. Il a bien dormi. Sa mère avait raison, il se sent beaucoup mieux ce matin. Le chalet, la nature dehors, tout semble plus clément à son égard. Excepté sa sœur dont il remarque le regard agressif. Lia l'observe fixement en train de manger nonchalamment ses céréales. Il baisse juste les yeux, histoire de ne pas s'attirer les foudres de l'ennemie, mais Lia l'interpelle sèchement :

— T'as fait des cauchemars, cette nuit ?

Marcus secoue négativement la tête en regardant ailleurs, l'attaque sera peut-être ainsi évitée. Mais leur mère, qui arrive avec un bol de chocolat chaud, réagit au quart de tour :

— Lia…

— Marcus m'a réveillée cette nuit ! Il était debout dans la chambre et regardait par la fenêtre comme un zombie…

— C'est faux, j'ai rien fait !

— Si ! Tu te tenais debout devant la fenêtre.

Anika s'emporte :

— T'as fini, oui ? Si tu continues à raconter des histoires pour faire peur à ton frère, ça va mal se passer pour toi !

— Mais c'est lui !

— LIA ! crie Anika.

Lia soupire et, jetant un regard dédaigneux à sa mère, elle se lève de table sans débarrasser son bol.

— Ton bol !

Lia se retourne, le saisit brusquement, passe dans la cuisine et le jette dans l'évier. Puis elle disparaît dans la chambre, claquant violemment la porte derrière elle. Cette fois, Mary a interrompu son dessin, choquée de découvrir tant de colère chez Lia. Paul est également bouche bée, mais pas pour les mêmes raisons : il est admiratif de sa capacité à défier l'autorité devant tout le monde.

Peter, lui, regarde sa femme d'un air las.

— Tu pouvais pas régler ça plus calmement ?

— Je t'interdis de lui faire son baptême de deltaplane !

Anika ne supporte plus le manque de soutien de son mari. Sentant monter les larmes, elle préfère s'échapper alors. Le malaise continue de planer lourdement dans la maison. Peter considère ses amis et leurs enfants si calmes. Pourquoi sa famille est-elle incapable de vivre sereinement ? Il aimerait s'excuser, mais aucun mot ne lui vient. Il sort à son tour.

Pour ce premier petit-déjeuner tous ensemble, Marcus, dépité, se retrouve le seul Coogan à table, unique vestige de sa famille. Eric improvise au pied levé un nouveau tour pour le dérider. Assis face à lui, il prend une feuille de papier journal qu'il froisse autour d'un verre. Il fait tourner le tout au-dessus de la table en déclamant une formule magique aussi crédible que s'il s'exprimait en inuit, puis le repose. D'un geste brusque, il tape avec sa main sur la feuille, et celle-ci s'aplatit sur le bois, sans plus aucune trace du verre. Il a disparu, surprenant tout le monde, même Paul et Mary. Sam demande naïvement "Où il est ?" mais à cet instant, on entend sous la table un objet tomber et se briser... Eric rougit comme un petit garçon pris sur le fait.

Sam éclate de rire, en montrant du doigt son père :

— Il l'avait sur les genoux !

Son hilarité se répand vite à toute la tablée. Marcus observe la complicité évidente des Brümmer.

Et pour la première fois, il prend tout à fait conscience qu'il est possible d'être heureux en famille.

La remise près de la falaise a été aménagée par les deux pères en véritable garage à deltaplanes. Le dénivelé à côté est parfait pour décoller. Un hectare en pente qui tombe dans un ravin vertigineux. Les deux hommes se sont employés toute la matinée à débroussailler et nettoyer le terrain. Ils l'ont débarrassé des derniers restes qui traînaient d'une ancienne mine, de vieux rails et un wagonnet rouillé qu'ils ont empilés le long de la remise. Leur piste de décollage est fin prête. Une prairie à quelques kilomètres dans la vallée fera office de piste d'atterrissage.

Eric aide Peter à monter son deltaplane, il connaît bien cette aile souple jaune aux contours bleus, il la lui a vendue à prix d'ami. De son côté, Eric s'est acheté le dernier modèle Atlas : une aile rouge vif, légère et très maniable.

Peter a bien tenté de convertir Anika à sa passion, mais elle s'est toujours refusé à pratiquer ce genre de sports de casse-cou. Marcus est aussi réfractaire que sa mère – ce n'est vraiment pas une surprise. Dans la famille, seule Lia voulait essayer, mais sa mère a toujours freiné des quatre fers. Pour son anniversaire, Peter a promis à sa fille un baptême de l'air. Anika a bien dû accepter l'idée d'un cadeau spécial qui ne les ruine pas pour autant. Depuis l'incident du matin, il n'en est plus question. Anika a décidé que Lia resterait au sol.

Marcus déteste assister aux vols de son père. Il l'imagine toujours perdre le contrôle de son aile et se crasher sous ses yeux. Pourtant, quand sa mère lui propose à la place d'aller se baigner dans un point d'eau en forêt, le garçon n'est pas vraiment enchanté par l'idée. Il ne peut s'ôter de la tête le témoignage d'un chasseur qu'il a vu à la télé. Celui-ci avait subi une attaque de grizzly : la bête l'avait projeté d'un coup de patte qui lui avait déchiré le ventre puis, alors qu'il rampait pour tenter de s'enfuir, elle lui avait planté ses griffes dans la cuisse. Le type avait été happé en arrière, et là, il avait senti très nettement les crocs du grizzly s'enfoncer dans son crâne. La bête avait été abattue à ce moment-là par un autre chasseur. Le bonhomme terminait son témoignage en sanglots, remerciant son ami d'avoir tiré juste à temps. Marcus se rappelle très bien cet homme robuste, aussi solide que son père, pleurnichant comme un enfant.

Le garçon n'a pas besoin d'expliquer tout cela à Anika, elle a compris quel était le problème. Lasse, elle réfléchit à une parade possible pour rassurer son fils. Elle aperçoit alors Sam qui passe dans le couloir avec son chien.

— Sam, dis-moi : Hercule a bien été dressé pour vous défendre ?

— Oui, c'est un chien de garde, répond-il de sa grosse voix.

— Tu crois qu'il pourrait faire fuir un ours ?

— Oh oui, ça c'est sûr !

— Tu voudrais bien nous escorter avec Hercule à la source cet après-midi ?

Sam hésite, ce n'était visiblement pas dans ses plans.

— Je voulais voler. Mais… c'est d'accord.

— Merci beaucoup, c'est très gentil.

Sam hoche la tête, ravi de pouvoir rendre service.

— Tu vois, Marcus, avec un chien comme Hercule à nos côtés, on ne risque plus rien.

Marcus ne proteste pas davantage, même si la perspective de se retrouver toute l'après-midi en compagnie de Sam ne l'enchante pas plus que de croiser un grizzly.

Nancy, Paul et Mary vont assister aux vols car, à chaque session, Eric tire au sort celui ou celle qui pourra l'accompagner. Lia, de son côté, demeure enfermée dans sa chambre, elle n'adresse plus la parole à ses parents depuis la punition. Anika la prive de la seule raison qui l'a convaincue de les accompagner en vacances et, une fois de plus, son père n'a pas su la défendre.

6

LE LONG DU CHEMIN à flanc de montagne, Marcus marche derrière sa mère. Et à chacun de ses pas, il tape bien le sol avec son talon pour signaler leur présence et faire déguerpir les serpents et autres animaux indésirables. Il n'aime pas aller trop vite ; la vitesse, l'empressement, c'est le risque de passer à côté d'un indice qui aurait pu éviter un danger. Il surveille toutes les réactions du chien, au cas où celui-ci reniflerait quelque chose. Il observe également Sam du coin de l'œil, traque les attitudes étranges qu'il pourrait avoir. Puis, petit à petit, devant la démarche nonchalante d'Hercule et le comportement tout à fait normal de Sam, Marcus se détend.

Pendant leur ascension, un panorama à couper le souffle s'offre à eux. La vallée s'étend à perte de vue. Le monde apparaît enfin tel qu'il est vraiment : sans limites. Face à l'immensité, Marcus s'oublie un instant. Un grand oiseau tournoie dans le ciel, Marcus en profite pour sortir la vieille paire de jumelles de son grand-père. Il fait le point et reconnaît immédiatement cette tête blanche au bec jaune :

— C'est un aigle royal, maman ! s'exclame-t-il enthousiaste.

Marcus suit le vol majestueux du rapace, un instant. Il s'imagine être à sa place, transpercer les nuages, survoler le monde, libre et sans contrainte, inatteignable. Il comprend alors l'espace d'une seconde pourquoi son père aime tant revêtir sa panoplie d'Icare.

Quelques mètres plus loin, Sam s'est arrêté devant un rocher marqué d'une croix rouge. Il échange avec Anika un regard, un rien embêté.

— Je crois qu'on s'est trompés de chemin, dit-il.

— Mince, à l'embranchement tout à l'heure, il fallait prendre à droite, c'est ça ? demande Anika.

— Oui… C'est pas grave, on peut aller par ici, affirme Sam.

Il indique un raccourci possible à travers les buissons et les arbres.

Marcus est soucieux :

— Non, il faut retourner à l'embranchement, on sait pas où ça mène, là…

— Si, c'est facile, insiste Sam. Il suffit de remonter tout droit, je me rappelle. On s'est déjà trompés une fois avec papa. C'est pour ça qu'il a fait une croix.

— Je ne préfère pas, maman… C'est plus simple si on retourne sur nos pas.

S'ils prennent ce raccourci à travers les arbres, il sera impossible à Marcus de refaire le même chemin au retour. Il transgressera son toc. Et si ça provoquait une nouvelle crise à Sam, ou pire encore cette fois ? Marcus implore sa mère du regard, ils ne peuvent pas prendre ce risque.

— Sam, on va retourner sur nos pas, c'est mieux. D'accord ? dit Anika.

Sam regarde Marcus un peu étonné et accepte en haussant les épaules :

— C'était facile pourtant…

Marcus soupire de soulagement. Tout va bien se passer, se répète-t-il à voix basse, en rebroussant chemin.

L'expédition passe un col et le bourdonnement de la chute d'eau est maintenant audible. Son souffle puissant augmente au fur et à mesure qu'ils s'en approchent. Ils escaladent un énorme rocher et arrivent juste au-dessus de la cascade. Le son assourdissant, la puissance des éléments qui se déchaînent comme un dieu en colère rendent soudain l'atmosphère menaçante. L'eau de la cascade paraît beaucoup plus sombre que le jour de leur arrivée. Le flot semble s'être aussi épaissi. Il affleure le pont en fer par lequel ils sont passés la veille. Vue d'ici, la structure semble aussi fragile qu'une maquette. Marcus s'inquiète déjà de devoir repasser par là quand ils s'en iront. Une soudaine montée des eaux et c'est la catastrophe ! Il a déjà vu des images de glissements de terrain à la télé. Il essaie de se rassurer en pensant à l'attrape-rêves. Il se dit qu'il devrait emporter l'objet avec lui pour être protégé. À moins que ce soit un sacrilège de le sortir du chalet… Ses pensées s'entrechoquent dans sa tête comme des atomes dans un réacteur nucléaire. Sa respiration devient haletante, ses tempes se glacent. L'angoisse monte, puissante comme le débit de la cascade. Heureusement, une voix familière l'appelle :

— Marcus ! Viens voir.

Sa mère se tient juste à l'orée d'une clairière, désignant de la tête un endroit quelques mètres plus bas derrière elle. L'enfant escalade le talus et découvre à son tour le trésor caché : dans un écrin de verdure, un bassin naturel. L'eau est si claire que l'on peut voir nager les têtards à la poursuite de leur ombre sur le sable.

Sam est déjà en train de se déshabiller pour aller se baigner. Hercule est le premier à s'y jeter, aussitôt suivi par son jeune maître. Anika enlève son haut et son short et s'assoit au bord de l'eau, laissant tremper ses mollets. Elle sourit à Marcus :

— Elle est délicieuse !

Puis, délicatement, elle se laisse glisser dans l'eau pour faire quelques brasses. Elle est belle sous cette lumière oscillante qui se reflète sur son visage. La ride du lion si profonde qui habituellement barre son front s'est estompée. Elle ressemble tout à fait à une photo que Peter avait prise d'elle au début de leur histoire.

Sam invite Marcus à les rejoindre tandis qu'Anika asperge son fils pour l'inciter aussi à venir. Marcus lui répond d'un sourire hésitant. Il n'aime pas trop se baigner, rapport à leur piscine de quartier et son lot d'excités qui sautent dans tous les sens. Il est facile de se noyer dans une piscine, seulement là c'est autre chose.

Sam sort de l'eau et rejoint Marcus, en train de se dévêtir timidement.

— C'est facile. Il faut que tu sautes direct, comme ça, regarde !

Le jeune homme fait une bombe qui éclabousse copieusement Anika.

— Eh, je ne voulais pas me mouiller les cheveux, Sam…

Marcus éclate de rire devant le visage dégoulinant de sa mère et la mine circonspecte de Sam qui n'a pas vraiment compris le problème.

— Tu vois, c'est facile ! dit Anika malicieuse. Allez, Marcus, viens te mouiller un peu ! insiste-t-elle en lui tendant les bras.

Marcus lui sourit et, dans un élan, il se jette sur sa mère, la faisant tomber à la renverse dans l'eau. Anika et son fils remontent à la surface, tendrement enlacés.

— Marcus… je ne voulais pas me mouiller la tête.

— C'est pour t'éviter d'avoir une insolation, maman.

Attiré par les remous, le chien vient leur faire la fête et s'ébroue à côté d'eux.

— Elle était super ta bombe, Marcus ! dit Sam, amusé.

Sur le chemin du retour, les baigneurs sont encore imprégnés de la douce atmosphère de l'éden miniature. Sam et Marcus marchent côte à côte, parlant avec une complicité nouvelle. Leur sujet est bien évidemment Hercule qui gambade en tête et aime aller fureter dans les buissons. Anika flâne quelques mètres derrière, pas vraiment pressée de rentrer au chalet.

Deux grandes ombres passent furtivement au-dessus d'eux. Les deltaplanes sont hauts dans le ciel et décrivent de grands cercles, semblables au vol de l'aigle royal. Marcus remarque une tache rouge au côté de son père, sous son aile. Il s'arrête un instant pour les observer aux jumelles. La tache rouge, c'est l'anorak de sa sœur. Il tourne la bague de l'objectif pour faire le point et la vérité lui apparaît, on ne peut plus nette : c'est bien Lia. Lia a bravé l'interdiction de leur mère ; une fois de plus, elle a piétiné son autorité. Il en oublie la responsabilité de son père dans cette histoire, oui, il se focalise uniquement sur la trahison de sa sœur, celle qui le tourmente en permanence et qui n'a aucun respect pour rien ni personne. Et il la regarde virevolter avec tant de légèreté que ça le met en rage. Il est jaloux de son insouciance. Jaloux de la proximité de Lia avec leur père.

Il hésite, son ventre gargouille, comme pour le prévenir de ne pas le faire, mais Marcus ne peut s'empêcher de la dénoncer :

— Papa fait voler Lia !

La ride du lion d'Anika se creuse d'un coup sous le froncement de ses sourcils. Elle attrape les jumelles avec fébrilité. Elle n'en croit pas ses yeux. Comment ont-ils pu se jouer d'elle à ce point ? Elle se sent bafouée, elle en tremble, ses jambes vacillent sous le poids de sa colère. Cette trahison ne restera pas sans conséquences. Marcus le voit bien et il regrette déjà le tumulte qu'il vient de déclencher.

L'explication entre Anika et Peter ne tarde pas. Ils ont eu beau s'enfermer dans leur chambre, la colère d'Anika déborde et se déverse depuis les escaliers jusque dans le séjour dans un flot ininterrompu. Anika ne semble pouvoir faire autrement que la cracher et la hurler pour s'en libérer. À tel point que les Brümmer ont préféré sortir du chalet pour ne pas être témoins malgré eux de cet affrontement qui ne les regarde en rien. Marcus a honte pour sa mère, honte pour sa famille et honte pour lui-même. Il se sent d'autant plus mal qu'il en éprouve la totale responsabilité. Mais il n'est pas le seul, Lia aussi se sent fautive, et cela ne tient pas simplement à ce mensonge. Cela fait bien longtemps qu'elle pense être à l'origine de la faille qui se creuse entre ses parents.

La porte de derrière finit par claquer et Nancy aperçoit Peter furieux qui sort et s'enfonce dans les bois. Les Brümmer regrettent sans doute d'être partis en vacances avec une famille qu'ils connaissaient si peu.

Le lendemain, l'atmosphère dans le chalet est glaciale. Les parents de Marcus et Lia se sont au moins mis d'accord sur un point pendant la nuit : rentrer à Portland. Les vacances sont terminées.

Nancy prend à part Anika pour tenter de la raisonner, en vérité plus par amour-propre que par compassion : elle refuse que les vacances organisées par ses soins se terminent en pugilat. Usant de toute la rhétorique dont elle a le secret, elle réussit finalement à la convaincre de rester encore un peu. Elles la feront, cette randonnée sur l'autre versant, jusqu'au pain de sucre.

Par conséquent, il a été décidé que les parents allaient partir toute l'après-midi, afin de se retrouver juste entre adultes. Jusqu'à la fin de la journée, Paul et Mary seront responsables de Lia, Sam et Marcus. La décision est vexante pour Lia, car elle est plus âgée qu'eux. Mais après la tempête qui s'est déchaînée la veille, elle sait qu'il vaut mieux faire profil bas.

Nancy prend à part Paul et Mary.

— Quoi qu'il arrive, vous ne quittez pas le chalet. Vous faites des jeux de société, bouquinez, pioncez, ce que vous voulez… mais vous ne vous aventurez nulle part dans la forêt, sans nous. C'est bien clair ?!

Paul ne cache pas son agacement de ne pas pouvoir partir avec eux. Eric vient en renfort aux côtés de sa femme :

— On peut bien vous laisser une après-midi quand même… On sera rentrés avant le coucher du soleil ! En attendant, montez donc le filet de volley. On fera un match à notre retour : les jeunes contre les vieux, on verra bien qui gagne ! lance-t-il avec un clin d'œil complice.

— Vous n'avez aucune chance ! le défie Paul.

— Entraîne-toi bien, petit père, car ton vieux a encore de beaux restes !

Pour une fois, Marcus regarde partir ses parents sans s'inventer leur perte, sans imaginer le pire.

7

MARCUS SE FAIT DISCRET. Il joue avec ses petits cyclistes en plastique dans sa chambre, espérant se faire oublier, comme toutes les têtes de Turc. L'attrape-rêves se balance tranquillement sur lui-même tandis que le garçon est happé par sa course fictive. Ses figurines suivront le tracé de la moquette jusqu'au couloir, puis devront effectuer l'ascension de l'escalier pour franchir la ligne d'arrivée tout en haut des marches : le seuil de la chambre de ses parents. Minutieusement, il fait avancer ses champions miniatures les uns après les autres. Il commente leurs efforts avec l'enthousiasme et le vocabulaire d'un journaliste sportif, imite la foule encourageant ses coureurs préférés.

Dehors, dans la cour, on peut entendre les éclats de voix de Paul et Mary qui chahutent avec Sam. Il fait très chaud et ils ont tout naturellement entrepris une bataille d'eau pour se rafraîchir. Lia s'est isolée derrière la maison et fume une des rares cigarettes qu'elle a réussi à cacher dans son sac. Ils n'ont pas intérêt à l'asperger. Placidement assise sur un banc, elle profite de la fraîcheur qu'offre l'ombre des sous-bois.

Son baladeur lui crache dans les oreilles sa dose quotidienne de *metal.* À voir le sérieux avec lequel elle s'emploie à fixer les entrailles de la forêt, on pourrait croire qu'elle espère y trouver un sens à sa vie.

Dans sa chambre, accroupi sur la bande de moquette, Marcus fait progresser un à un les cyclistes en queue de peloton, quand il remarque que son maillot jaune est tombé sur le flanc. Circonspect, il le relève puis retourne aux coureurs à la traîne. Quand il regarde à nouveau ses figurines de têtes, trois sont couchées sur le sol. Il s'arrête, interdit, tentant de comprendre. Aucun courant d'air, aucune agitation dans la maison, il ne trouve pas d'explication plausible à ce phénomène. Il se tourne vers l'attrape-rêves et, silencieusement, l'implore d'emprisonner ses idées noires et ses angoisses jusqu'au retour de sa mère.

Il replace à nouveau ses figurines quand des craquements de bois provenant de la charpente attirent son attention. On dirait des pas. Quelqu'un marche au grenier. Marcus cesse de respirer pour être certain de capter tous les sons, mais plus rien. Dehors, le chahut s'est curieusement tu. Il regarde par la fenêtre : la cour est vide. Mais ce silence glaçant est tout à coup interrompu par une mystérieuse mélodie. Marcus se concentre pour être sûr que ce n'est pas son imagination qui lui joue des tours. Il retient à nouveau sa respiration et ne bouge plus, épiant chaque son. Il ne rêve pas, il entend bien un air un peu désuet qui résonne très faiblement.

Marcus, d'une voix timide, appelle les autres :

— Lia ?! Paul ?! Mary ?!

Pour seule réponse, la mélodie continue, presque imperceptible. Le chalet semble pourtant totalement désert, Marcus est seul.

Le doux murmure explose soudain en décibels. C'est un vieux slow qui passe à pleine puissance, saturant les graves de façon monstrueuse. Il provient du tourne-disque dans le séjour. Cela doit être un coup de sa sœur, pour lui faire peur. Il sort de sa chambre prudemment, regarde autour de lui, s'attendant à la voir surgir d'un coin sombre pour le faire sursauter. De toute façon, le vacarme est tel que Marcus ne l'entendrait pas. Il continue d'appeler "Lia ! Paul ! Mary !", mais sa voix est totalement couverte par le son assourdissant de la chaîne. Il se dépêche de suivre son chemin tracé par la bande de moquette qui mène au séjour. Seulement, celle-ci s'arrête devant le canapé et ne va pas jusqu'à la platine qui continue à le narguer en tournant encore et encore. Marcus cherche une solution. Il monte sur le sofa et essaie d'atteindre le bouton off de l'ampli, mais il manque au moins trente centimètres pour que son doigt puisse le toucher. Il regarde autour de lui, hésitant. Il repère alors la pince à bûche près de la cheminée, mais elle aussi est trop éloignée. Il se résigne à saisir un coussin du canapé et à le jeter sur la tête de lecture. Le saphir dérape sur le disque dans un bruit déchirant et reste bloqué sur le côté. Le disque continue de tourner sans plus émettre aucun son.

Marcus respire, soulagé. Prêt à en découdre avec sa sœur, il va pour trouver où elle se cache, mais il ne peut faire un pas de plus. La bande de moquette qui menait au divan n'est plus là. Quelqu'un l'a retirée.

Il est coincé sur le canapé, comme un naufragé piégé sur un banc de sable.

— Lia ! Paul ! C'est pas drôle ! Je vais le dire aux parents. Vous serez punis !

Mais ses menaces ne changent rien, personne ne se manifeste. Quand soudain il sent une masse se mouvoir derrière lui. Il se retourne et se retrouve alors face à une gueule de loup qui lui grogne au visage. Marcus terrifié fait un bon en arrière et tombe sur le sol. Il est prêt à se relever pour fuir, mais un immense éclat de rire l'arrête dans son mouvement. Une couverture sombre glisse à terre et laisse apparaître Paul, hilare, derrière la tête empaillée. Lia et Mary sortent de la cuisine en s'esclaffant. Sam arrive par l'entrée avec Hercule, riant lui aussi, mais plus par mimétisme que par complicité avec les autres.

Marcus se relève, furieux.

— T'es qu'une conne ! Je le dirai à maman !

Lia prend un air faussement innocent :

— J'ai rien fait, moi…

— Je lui dirai aussi que tu fumes en cachette !

Lia le toise avec mépris.

— Eh ben dénonce-moi, je suis plus à ça près de toute façon. Pauvre bébé, va !

— Allez Marcus, c'était pour rire ! dit Paul.

Marcus prend alors conscience qu'il est debout sur le parquet, ses pieds barrant les lignes entre les lattes.

— Oh non ! laisse-t-il échapper entre ses lèvres.

Comme s'il voulait s'extirper de charbons ardents, il saute sur le premier morceau de moquette qui mène à sa chambre et court s'y réfugier. Il ferme à clef derrière lui et se laisse glisser le long du montant en bois. Il fond en larmes, en se recroquevillant sur lui-même.

Mary culpabilise aussitôt, mais son frère tente de la rassurer avec une petite moue qui semble dire que ce n'est rien. Elle se colle à la porte pour lui parler.

— Pardon, Marcus, c'était pour rire. Je suis désolée si on t'a vraiment fait peur… On pensait pas que ça te ferait autant d'effet !

— Avoue, c'était plutôt drôle, insiste Paul. En plus, t'es mal placé, t'as fait le même coup à ta sœur l'autre nuit ! Allez, sors, on va jouer tous ensemble.

Marcus, la voix pleine de sanglots :

— C'est faux ! Je lui ai jamais parlé cette nuit ! C'est elle qui raconte n'importe quoi !

Lia leur fait signe de la suivre dehors, de le laisser se calmer. Paul et Mary abandonnent et sortent derrière elle. Seuls restent Sam et Hercule, l'air aussi désolés l'un que l'autre. Sam vient lui parler gentiment à son tour à travers la cloison.

— Marcus, ça va ? Il y a Hercule qui veut te voir.

Mais Marcus n'écoute plus personne à cet instant. Il en a contre la terre entière et il s'en veut aussi d'être si peureux, si sensible, incapable d'affronter les moindres obstacles de la vie. Il aimerait être fait du même bois que son père et n'avoir peur de rien ni de personne.

8

SUR LA BANDE DE MOQUETTE FACE À LUI, tous ses coureurs sont couchés sur le flanc, tous, comme foudroyés par une épidémie inconnue. Marcus ressent soudain une vibration, un bourdonnement, presque imperceptible, comme un acouphène. Depuis que les convulsions épileptiques de Sam ont ébranlé son monde, Marcus craint le moindre tremblement. Plusieurs fois dans les rues de Portland, il en a ressenti avec effroi, alors que c'était juste le passage du métro qui faisait vibrer le sol sous ses pieds. Mais là c'est différent, il vient de transgresser un de ses toc… Il fixe la toile de l'attrape-rêves, elle oscille. Brusquement, un violent courant d'air fait claquer la fenêtre de sa chambre. Si fort qu'un carreau de la vitre se brise sous le choc et coupe la cordelette qui suspend le grigri, le faisant tomber dans une pluie de verre.

Marcus se lève doucement et se penche au-dessus des éclats. Les fils de l'amulette sont coupés en plusieurs endroits. Elle ressemble à une toile d'araignée éventrée, d'où un redoutable insecte aurait réussi à se libérer. Dehors, tout semble parfaitement normal. À l'orée du bois, Sam s'amuse à envoyer un bâton à son chien, on peut entendre Paul et Mary qui discutent de l'autre côté de la maison. Aucun drame à l'horizon.

Marcus contemple les bris de vitre au sol. Quand elle casse un verre, sa mère lui demande de quitter la pièce pour ne pas se couper. Elle balaye, aspire et inspecte le moindre recoin pour être certaine d'avoir éliminé le plus petit éclat. Cette façon de l'éloigner a toujours intrigué Marcus, à croire qu'un fragment de verre est aussi coupant qu'une lame de rasoir. Il s'accroupit et prend délicatement un morceau triangulaire, de la taille d'un galet. Il le tient en évitant les bords et l'approche de la paume de son autre main. Il appuie doucement un côté tranchant contre sa peau, il veut vérifier si c'est aussi coupant que sa mère le laisse entendre. Il relâche la pression. Il reste juste une marque, comme une seconde ligne de vie parallèle à la première, qui disparaît peu à peu. Marcus recommence, appuie plus fort et se fait mal. Un trait rouge s'élargit peu à peu dans le creux de sa main.

Il ressent une étrange sensation d'apaisement, comme si toute sa colère s'était envolée. Des gouttes de sang perlent sur le sol et sur les cordelettes de l'attrape-rêves. Il se tient la main pour éviter de tout tacher autour de lui, puis sort de la chambre. La moquette a été remise en place dans le séjour. Il suit le parcours qui le mène sur le perron. Le filet de volley a été monté devant le porche. Paul joue face à Mary et Lia. On lui demande si ça va, mais il ne répond pas. Lia remarque aussitôt comme il se tient la main et, pour s'expliquer, il balbutie :

— Un courant d'air a cassé la vitre de notre chambre…

Mary échange un coup d'œil inquiet avec Lia, qui abandonne son poste pour rejoindre son petit frère.

Dans la salle de bain, à l'étage, Marcus est assis sur le rebord de la baignoire. Sa sœur a sorti la boîte à pharmacie de leur mère qui ferait pâlir de jalousie un médecin de guerre. Lia lui ouvre délicatement la main. L'entaille est nette, mais peu profonde. Elle le prévient que ça va piquer. Marcus serre les dents, il espère que ça ne sera pas aussi douloureux que lorsqu'il s'était égratigné le coude après une chute de vélo. Elle tamponne la plaie avec un coton imbibé d'antiseptique et ça pique. Mais Marcus a décidé d'être courageux et ne laisse rien paraître, sinon un petit frémissement. Elle lui pose un beau pansement. Marcus en est presque fier. Il remercie sa sœur.

— Tu l'as pas fait exprès, au moins ? s'inquiète-t-elle.

Marcus met un temps à répondre. L'hésitation de son frère la fait culpabiliser :

— Tu veux qu'on fasse une partie de dames ?

Il adore ce jeu, le seul auquel il parvient à la battre. Là, ils sont d'égal à égale. Quand sa sœur lui propose, c'est sa manière de s'excuser, de passer à autre chose. Aussi, il n'y a pas de meilleure façon pour Marcus d'occuper son esprit. Le temps de la partie, il ne pense qu'à gagner et le reste n'a plus d'importance.

La suite de l'après-midi se déroule au rythme des jeux de société et parties de cartes. Marcus découvre enfin les avantages qu'offrent des vacances en compagnie d'autres enfants. L'incident du début de journée s'est estompé, balayé comme les morceaux de verre dans la chambre. Lia les a ramassés, puis a remplacé le carreau manquant par un morceau de carton qu'elle a collé avec du scotch. Voilà, tout est rentré dans l'ordre maintenant.

Quand l'après-midi touche à sa fin, Mary propose de préparer le dîner pour faire une surprise à leurs parents. Chacun est mis à contribution pour accommoder une grande salade composée. Même Lia prend part à l'épluchage des carottes avec un certain entrain, ce qui étonne son frère qui ne l'a jamais vue aider leur mère ou montrer par le passé la moindre velléité pour ce genre de corvée. Est-ce la présence de Paul qui la motive ainsi ? Marcus a bien remarqué comme ce dernier la scrutait. Stratégie féminine ou pas, Lia s'est plutôt rapprochée de Mary. La veille, c'est Mary qui a été tirée au sort pour le vol. Leurs pères ont volé côte à côte, se suivant dans les virages. Elles ont senti au même moment les accélérations semblables à un grand huit, avec cette brève peur au ventre presque agréable. Elles ont été les témoins privilégiés du soleil couchant et l'ont vu disparaître derrière l'arrondi de la Terre. Elles ont vécu ensemble la plénitude de ce moment suspendu dans l'espace et dans le temps.

Sam et Marcus ont dressé la table. Le dîner est prêt et il n'y a plus qu'à attendre. Paul ne tient pas en place, il doit toujours s'occuper, il réussit à entraîner les garçons pour une énième partie de volley. Les filles déclarent forfait et les regardent jouer depuis leurs chaises longues installées sous le porche. Paul fait son show face à ses deux adversaires, il rattrape des balles impossibles. Il enlève son t-shirt, histoire de montrer ses abdos et sa musculature naissante. Il cherche le regard de Lia, continue à faire le pitre pour attirer son attention, mais c'est Mary qui gagne à ce jeu-là. Paul a pourtant beaucoup de succès d'habitude. Il est même sorti avec Meryl, la plus belle fille du lycée. Chez lui, ce besoin de plaire est maladif, alors le fait que cette Lia ne daigne pas le regarder le rend fou, et ça l'attire d'autant plus. Il en perd plusieurs points d'affilée. Sam félicite Marcus pour sa passe qui vient de lui permettre un nouveau smash. Ils sont à deux points de la victoire maintenant. Paul s'agace, il affirme que la balle est faute et non sur la ligne, il demande à Lia et Mary d'arbitrer mais celles-ci ne veulent pas s'en mêler. Elles préfèrent rentrer au calme et il perd définitivement son public. Comme toujours, docile, Sam propose de remettre la balle.

Mary invite Lia à la suivre à l'étage. Elle l'emmène dans la chambre mansardée, près du grenier. Elle s'accroupit à côté de son lit et cherche quelque chose dessous. Sa main en ressort délicatement un dessin. C'est un portrait au fusain et pastel d'une jeune femme ; les traits sont rapides, colorés et puissants.

Lia le contemple avec admiration :

— C'est très beau… Tu t'es inspirée d'une photo ? C'est qui ?

Mary sourit avec son petit sourire en coin qui la caractérise, mi-timide mi-espiègle :

— C'est toi.

En effet, à bien détailler le portrait, c'est Lia, mais dans une version plus douce qu'elle ne veut se montrer dans la vie. Les cheveux détachés presque blonds, les joues roses. Et ses yeux en amande, sans maquillage, d'un bleu intense. C'est Lia, bien dans sa peau, Lia quand elle aura dispersé les nuages orageux qui encombrent sa tête. Elle est surprise de se découvrir ainsi.

— Je ne t'avais pas fait de cadeau pour ton anniversaire, s'excuse Mary.

— Merci, il ne fallait pas…

Lia est à la fois profondément touchée et gênée.

— Dis donc, ça… ça a dû te prendre du temps. Mais… je suis pas aussi belle que ton dessin.

— C'est comme ça que je te vois.

Lia laisse échapper un sourire et son visage s'illumine. Maintenant, elle ressemble tout à fait à la jeune femme dessinée. Elle tend ses bras à Mary pour lui faire un grand *hug*, un geste qu'elle a tellement vu faire à tort et à travers par certaines camarades du lycée. Les deux jeunes filles se serrent tendrement. Elles ne relâchent pas tout de suite leur étreinte, comme si elles refusaient de quitter cette douceur, cette intimité nouvelle et troublante.

Une présence les fait sursauter, elles se séparent aussitôt. Dans l'encadrement de la porte, Paul les interrompt d'un ton abrupt, comme s'il cherchait à les prendre en défaut :

— Qu'est-ce que vous faites ?!

Lia tente de se reprendre en montrant le dessin :

— Mary a fait un portrait de moi.

Paul regarde sa sœur, sceptique, et change de sujet :

— Lia, il paraît que tu sais faire bouger les verres, c'est vrai ça ?

— Je fais pas bouger les verres, ce sont les esprits qui le font… C'est du spiritisme.

— C'est pareil. Tu nous montrerais ?

— Il fait quoi mon frère ?

— Il lit un *comics* avec Sam.

— On peut essayer, mais je te promets rien.

9

SUR LE PARQUET DE LA CHAMBRE est disposée une grande feuille blanche avec les lettres de l'alphabet écrites en arc de cercle et au centre les mots "Oui" et "Non". Les volets sont fermés et la lumière oscillante d'une bougie donne à la pièce une atmosphère lugubre de circonstance. Lia tient dans sa main un simple verre.

— Ce qui est important, c'est de bien se concentrer. Si on n'est pas sérieux, ça ne marchera pas. C'est clair ?

Paul regarde Lia avec un petit sourire charmeur :

— Je n'ai jamais été aussi sérieux.

— O-kay... laisse traîner Lia avec une pointe d'ironie, tandis que Mary lève les yeux au ciel.

Paul lui fait signe d'enchaîner.

— Il ne faut pas toucher le verre, juste le frôler avec le bout des doigts. Cela peut prendre quelques minutes avant que ça marche... Il faut de la patience, d'accord ?

Elle pose le récipient à l'envers entre les mots "Oui" et "Non" et commence la séance :

— Esprit, es-tu là ?

Paul regarde sa sœur avec un air entendu. Mary essaie de rester concentrée, elle ne veut pas rentrer dans son jeu moqueur. Lia répète la question et une nouvelle minute passe. Paul bâille, il a visiblement envie de décrédibiliser Lia. Il essaie de s'asseoir plus confortablement sur ses fesses, lâche la pression de son doigt sur le verre afin de pouvoir s'étirer.

Lia soupire, sur le point de lui faire une réflexion, quand soudain le verre fait un mouvement sec sur le papier. Mary est stupéfaite, le verre s'est arrêté au-dessus du "Oui". Paul interroge des yeux Lia qui l'ignore, toujours aussi concentrée. Elle replace le verre au centre de la feuille. Paul veut à nouveau participer, mais Lia lui fait signe que non.

— Toi, tu ne dégages pas de bonnes ondes.

Paul s'assoit en arrière, en croisant les bras, quelque peu vexé. Face à face, les deux jeunes filles posent leur doigt sur le bord du récipient. Lia prononce la question :

— Esprit veux-tu nous parler ?

Le verre reste immobile.

Un moment passe, pendant lequel les deux jeunes filles ne se lâchent pas du regard, comme si cela pouvait rompre le charme. Une colère sourde monte chez Paul, sans qu'il sache si c'est son exclusion du jeu ou cette complicité entre elles qui le rend jaloux.

Lia réitère sa demande et, avant qu'elle n'ait fini sa phrase, le verre se met à glisser sur la feuille. Il avance vers les lettres de l'alphabet, il s'attarde sur le F puis le U et d'autres lettres s'enchaînent pour former un mot : F-U-Y-E-Z.

— J'ai bien lu FUYEZ ? interroge Mary, estomaquée.

Lia acquiesce, aussi abasourdie qu'elle. Paul pouffe de rire nerveusement.

— Ça t'était déjà arrivé des messages de ce genre ? insiste Mary.

— Non, c'est la première fois. D'habitude il ne donne pas de mots comme ça, sans qu'on lui ait posé une question...

Mary devient livide. Paul toise des yeux Lia.

— C'est quoi ton truc ?

— Ce n'est pas un truc, Paul.

Mary s'insurge :

— Je te jure, il avance tout seul ! J'aime pas du tout ça.

— C'est juste un tour de passe-passe... Tiens, Lia, demande donc à l'esprit ce qu'on risque alors ? Et qu'il se présente aussi, pour commencer, il n'est pas très poli !

Lia ne répond pas au sarcasme de Paul, elle reste concentrée et demande :

— Esprit, pourquoi doit-on fuir ?

Le verre se remet alors à glisser sur la feuille, mais à toute vitesse, sans même que leurs doigts puissent vraiment le suivre. Il repasse sur les mêmes lettres en boucle, formant le mot FUYEZ dans un manège infernal. Le récipient fini par tomber, tournant sur lui-même comme une toupie.

— Lia ! résonne dans les escaliers.

C'est Marcus que l'on entend monter en appelant sa sœur. Lia saisit aussitôt le verre, interrompant définitivement la séance. Elle se dépêche de ranger la feuille et le récipient sous le lit et d'aller ouvrir les volets, tandis que Mary éteint la bougie.

Marcus reste au bout du couloir, la moquette s'arrêtant à la chambre de ses parents.

— Qu'est-ce que vous faites ? leur crie-t-il à travers la porte.

— On discute, lui répond Paul.

— Il est presque huit heures. Qu'est-ce qu'ils font, les parents ?

Lia se lève d'un air las, tout en enroulant le dessin de Mary :

— Ils prennent leur temps, tu crois qu'ils sont franchement pressés de nous retrouver ?

Elle ouvre la porte et rejoint son frère. Elle lui fait signe de la suivre en bas afin de l'éloigner de la chambre.

Paul en profite pour sortir la feuille et le verre de sous le lit. Il les inspecte sous toutes les coutures pour tenter de trouver l'astuce.

— Je te jure qu'on ne poussait pas le verre, Paul. Il n'y avait pas de truc ! J'en ai la chair de poule… et si c'était l'esprit de notre arrière-grand-père ?

— Ou de notre arrière-grand-mère qui s'est suicidée pendant que tu y es ! On verra bientôt son fantôme flotter dans le salon, la corde encore autour du cou !

— Ce que tu peux être bête parfois !

— Ah ouais, pourtant, c'est pas moi qui crois à ces conneries.

— Mais tu l'as vu comme moi…

— Tout a une explication scientifique, Mary, c'est sans doute des micromouvements de vos doigts, ou une forme de magnétisme qui fait ça, mais ça n'a rien de surnaturel ! Comment tu peux être aussi naïve et te laisser embobiner par Miss Vampirella ?

— L'appelle pas comme ça ! le coupe Mary d'un ton ferme qui surprend son frère.

— Qu'est-ce qui te prend ? T'as un faible pour elle ou quoi ?

— T'es vraiment trop con !

Mary se lève et quitte la pièce. Paul reste immobile, groggy, il n'a pas l'habitude de s'engueuler avec sa sœur.

10

LA SALADE ATTEND DANS LE VIEUX FRIGO de la cuisine. Les enfants sont sortis sur le perron, un comité d'accueil prêt à célébrer comme il se doit le retour des randonneurs. En fond sonore, la chanson *The Sound of Silence* interprétée par Simon and Garfunkel passe sur la platine du salon. Depuis que Mary les a vus en concert avec sa mère, elle écoute l'album en boucle. Ce n'est pas trop la tasse de thé de Lia, ce genre de musique, mais là, avachie dans la confortable chaise longue à deux places près de Mary, elle se laisse envelopper par la douce mélodie.

Aucun mouvement à l'horizon ni sur la route qui mène au pont. Paul serait bien allé à leur rencontre, mais sa mère a été formelle : personne ne doit s'éloigner du chalet.

Marcus n'arrive plus à se concentrer sur le comics *Captain America* que lui a prêté Sam, il reste préoccupé par l'absence de ses parents alors que la nuit approche. Et s'ils avaient eu un accident pendant leur randonnée, que l'un d'entre eux ait chuté d'une falaise ? Son père et Eric aiment souvent prendre des risques, escalader des trucs impossibles… Et si quelqu'un s'était tué en tombant ? Marcus n'en peut plus d'attendre, alors il préfère rentrer. Il retourne dans sa chambre et fait une prière, agenouillé sur le sol, les mains jointes sur son lit, comme sa mère le lui a appris.

Dehors, la grande sphère rouge finit par disparaître totalement derrière le versant d'en face. L'atmosphère se refroidit d'un coup avec la tombée du jour. Mary propose de fermer les volets et d'attendre les adultes au chaud. Il est vingt-deux heures passées, ils ne sont toujours pas de retour, ce qui commence à alarmer Paul et Mary. Mais ils se gardent bien de le faire savoir au plus petit. On trouve des explications : sans doute se sont-ils trompés de chemin et ont-ils perdu du temps. Et on choisit de dîner sans eux mais, à part Sam, personne n'a d'appétit.

Mary ferme la porte du chalet à clef :

— S'ils arrivent en pleine nuit, ils frapperont.

Ce geste ne manque pas d'alerter Marcus, comme si le danger se matérialisait.

Les enfants amènent leurs couvertures dans la pièce à vivre pour veiller tous ensemble, affalés sur les canapés. On se réconforte en racontant des anecdotes : la fois où Eric avait été enfermé toute une nuit dans les toilettes des voisins pendant une fête, la poignée de la porte lui étant restée dans la main. On rit, on s'occupe les méninges mais, au fil du temps, on ne trouve plus beaucoup d'explications rassurantes à leur étrange absence et chacun finit par veiller en silence. On préfère ne plus spéculer sur la raison qui les retarde, car tout cela est en réalité bien inquiétant. Finalement, la fatigue les emporte, chacun à leur tour.

Marcus bataille pour rester éveillé, mais le sommeil finit par le terrasser lui aussi. L'attrape-rêves ne peut plus le protéger des mauvais songes cette nuit-là, et son inconscient se déchaîne. Son cauchemar l'emmène au pied de la Montagne Noire. Il cherche ses parents, les appelle, tandis que le soleil, pourpre, énorme, disparaît derrière le sommet en dent de requin. Le flanc de la montagne est peu à peu gagné par l'ombre de la nuit, avalant la végétation comme un trou noir. Soudain, Marcus aperçoit Nancy et Eric traversant le pont dans sa direction. Derrière eux l'ombre funeste avale l'orée du bois puis glisse inexorablement sur la passerelle. Marcus leur crie de se dépêcher de le rejoindre, mais le son de sa voix est happé par le néant, et le couple disparaît dans les limbes. Marcus fuit dans les bois, courant à perdre haleine. Les branches lui fouettent le visage, les ronces lui écorchent les bras. Il court sans savoir où aller jusqu'à ce qu'il aperçoive une lueur derrière un talus et s'y précipite. Il arrive au bassin, ce refuge où il se sentait si bien la veille. Le scintillement de l'eau reflète encore le soleil couchant sur le rideau d'arbres tout autour. Sa mère est assise sur un rocher, son visage est grave, sa ride du lion plus creusée que jamais. Elle lui indique le sommet de la Montagne Noire, comme l'Indien sur la couverture du livre. L'ombre s'avance au-dessus d'elle. Marcus appelle sa mère, mais il est déjà trop tard, elle est happée elle aussi par le néant.

Marcus se réveille en sursaut, son cri encore coincé dans la gorge. Une main maternelle lui caresse tendrement le front pour le rassurer. Mais ce n'est pas Anika à ses côtés sur le sofa du salon, c'est Lia. La lumière vive qui perce à travers les volets et l'embrasure de la porte annonce le lever du jour. Marcus interroge sa sœur du regard.

— Ils ne sont pas rentrés, avoue-t-elle désolée. Paul est parti à leur rencontre, sur la route.

Près de la cheminée, couchés dans un amas de coussins et de couvertures, Mary et Sam dorment encore.

— J'ai vu maman en rêve… je crois qu'il est arrivé quelque chose…

Un grognement d'Hercule l'interrompt. Le chien s'est dressé, il se met à aboyer de façon agressive face à l'entrée, réveillant Sam et Mary. On entend des bruits de pas résonner sous le porche. La porte s'ouvre brusquement, les faisant sursauter. Paul se tient debout dans l'encadrement, fébrile, le visage décomposé. Le chien continue d'aboyer après lui, comme s'il était un parfait étranger. Sam tente de calmer Hercule, mais ses ordres n'y font rien.

— Couché ! crie Mary, excédée, et le molosse se tait enfin.

Paul met un temps à rassembler ses esprits et finit par dire :

— Il n'y a plus de pont…

Lia n'en croit pas ses oreilles.

— Qu'est-ce que tu racontes ?

— Le pont a disparu… Il n'existe plus…

— Enfin, c'est impossible, un pont ne se volatilise pas comme ça !

Mary sait que son frère ne blaguerait pas dans un moment pareil. Paul s'agace :

— Va voir par toi-même, si tu ne me crois pas !

Lia se lève d'un bond et va décrocher les clefs de la voiture de son père dans l'entrée. Elle court jusqu'à la vieille Mercury et s'engouffre à l'intérieur.

— Elle est complètement folle ?! lance Paul à sa sœur.

Marcus dévale l'escalier du perron et court la rejoindre, lui aussi veut comprendre. Il grimpe à l'avant. Elle fait une marche arrière en trombe et s'engage sur la route. Paul et Mary les regardent s'éloigner, impuissants.

Le véhicule passe le premier tournant et s'avance à faible allure vers la cascade. Le paysage se découvre lentement et, en effet, là où hier encore il y avait un pont, à présent, c'est le vide. La route est coupée, plus de poutres métalliques, ni même de traces des fondations. Plus rien.

Lia s'arrête à une dizaine de mètres de la chute d'eau. Les deux passagers sortent prudemment et s'avancent au bord de ce qui est devenu maintenant un précipice vertigineux. La route a été comme dévorée.

Le frère et la sœur remontent sans un mot dans la voiture et repartent en marche arrière. Marcus continue à fixer la fin de la route. Il ne peut s'empêcher de repenser à son cauchemar.

— Et si c'était de ma faute ? Et si tout cela était arrivé parce que j'ai encore marché sur les lignes ?

Paniqué, Marcus a posé la question à haute voix, sans s'en rendre compte. Lia gare la voiture près de la remise et prend son frère entre quat'z'yeux.

— Marcus, tu n'y es pour rien, d'accord ?! En tout cas, quoi que tu penses, ne le dis pas devant les autres. Tu comprends ? Ne parle pas de ça. Sinon, ils te prendront pour un fou...

Marcus lutte pour ne pas craquer devant sa sœur.

— Mais qu'est-ce qui se passe, Lia ?

— Je ne sais pas...

11

RASSEMBLÉS AU CHALET, les enfants échafaudent des hypothèses :

— Le torrent a dû emporter le pont, assène Paul, sûr de lui.

Mary acquiesce, c'est la seule explication plausible :

— C'est pour ça que les parents n'ont pas pu passer. Ils doivent être partis chercher de l'aide.

— Tu crois ? demande Marcus.

— Oui, ne t'en fais pas, dit Paul. On verra sans doute dans pas longtemps un hélicoptère survoler le coin, et ça ne m'étonnerait pas que ce soit papa qui vienne nous récupérer…

Marcus aimerait tellement que ce soit vrai.

Il faut donc attendre et ils seront bientôt secourus. Alors, ils s'organisent comme des adultes. Quand on viendra les chercher, on sera impressionné par leur maturité, leur bon sens.

Ils se font un solide déjeuner. Bacon et œufs à volonté pour tout le monde. Ils mangent à se faire mal au ventre, sans doute pour combler le vide abyssal qu'ils ressentent au fond de leurs entrailles.

Marcus échange un regard avec les “yeux sur le plat” de son assiette. Elle a beau lui sourire avec ses lèvres en bacon, cela ne lui donne pas davantage envie d’y toucher. La préparation de Lia, imitant celle de leur mère, n’a pas eu l’effet escompté. Au contraire, cela accuse l’absence au lieu d’éveiller son appétit.

— Et s’ils ne revenaient pas ? dit-il, gravement.

Paul préfère ne pas répondre, mais son exaspération est palpable. Sans conviction, Lia essaie de rassurer son frère :

— Ils vont revenir, ne t’en fais pas. Mange, il faut que tu prennes des forces. Sinon maman va m’accuser de t’avoir laissé mourir de faim.

Marcus se force, pour sa mère. Mais le doute persiste dans son esprit : et s’ils avaient disparu en même temps que le pont ?

Chacun débarrasse son assiette et prend part aux corvées. La cuisine n’a jamais été aussi bien rangée. De vrais bons petits soldats.

Pour faire passer le temps en attendant les secours, Paul propose de faire un énième match de volley.

Marcus reste dans le chalet. Il préfère lire *Captain America*. Mais, en vérité, il n’a pas le cœur à ça non plus. Tandis qu’il range la bande dessinée dans la bibliothèque, il se rappelle soudain le livre confisqué, la montagne maudite sur sa couverture, étonnamment semblable à celle où ils se trouvent, et le geste de sa mère dans son rêve, identique à celui de l’Indien. Une étrange intuition l’envahit : et si ce livre détenait une part de vérité sur la disparition de leurs parents ?

Marcus ne veut laisser aucune place au doute, il doit vérifier son hypothèse. Alors il monte à l'étage, dans la chambre de Peter et Anika, où celle-ci a dû cacher l'ouvrage défendu.

La pièce est entièrement recouverte d'une épaisse et confortable moquette beige. Pas de parquet, pas de rainures à franchir, plus besoin de suivre un pathétique bout de tissu déroulé au sol. Marcus se sent parfaitement en sécurité ici, dorénavant ce sera sa *panic room*, son refuge dans la maison.

Dans la mansarde vide, les draps sont encore défaits, témoignage des turbulences que traverse le couple, car d'habitude sa mère n'aurait jamais quitté la chambre sans avoir parfaitement bordé le lit conjugal. Le désordre qui règne dans la pièce donne une curieuse impression, comme s'ils n'étaient jamais partis. L'empreinte de leurs corps est encore présente dans les draps. Un autre détail frappe Marcus : sur la table de chevet, juste à côté de la montre de son père, une boîte de pilules – des anxiolytiques. L'enfant sait ce que c'est, car son médecin lui en avait prescrit peu après le "chaos". Il est étonné d'en voir là. Est-il possible que les adultes aient autant peur que lui ? Il ne le savait pas. Il pense tendrement à sa pauvre maman. Il est désolé qu'elle soit atteinte de son mal.

Le garçon continue d'inspecter les armoires et les étagères, mais c'est finalement sous le lit qu'il trouve les livres interdits. Au milieu des bouquins en vrac, il reconnaît la couverture de *Ses griffes et ses crocs*. Il va à la fenêtre pour comparer à nouveau le mont qui les domine à celui du livre. C'est précisément le même. Et la quatrième de couverture en atteste avec ce sous-titre "Légende de la Montagne Noire" ; c'est bien ainsi qu'il a entendu Nancy la nommer. Il n'y a aucun doute possible. Le livre parle de leur montagne.

Marcus commence à lire. C'est un conte indien, un conte des Nez-Percés qui jadis peuplèrent la région. Il raconte que cette montagne était sacrée car elle dissimulait l'entrée du royaume des dieux. Par conséquent, aucun homme ne devait y planter son tipi, et encore moins boire son eau ou chasser ses bêtes. Un été, une tribu nomade, venant d'une contrée lointaine et ne connaissant pas la légende, s'installa sur le flanc de la montagne. L'eau de la grande cascade y était pure, le gibier abondant. Les Nez-Percés vinrent trouver les visiteurs pour leur ordonner de quitter ce lieu sacré car ils risquaient de réveiller le gardien de la Montagne Noire. Mais la tribu nomade avait tant souffert de la famine les hivers précédents qu'il était hors de question pour elle de quitter une nature aussi généreuse. Elle entra en guerre contre les Nez-Percés. Et la terrible prophétie se réalisa : l'affrontement des hommes réveilla la Bête de la montagne sacrée… Elle s'y terrait depuis la création du monde. Le choc des lances et la vibration des pas des guerriers sur le sol l'avaient tirée de son sommeil. Quand elle sortit de son antre, seuls les animaux eurent la sagesse de quitter la montagne dès les premiers signes de sa présence. Les hommes, obsédés par leurs combats, aveuglés par la haine, en avaient oublié pourquoi ils se battaient. Pour leur plus grand malheur, ils oublièrent même qu'un ennemi plus grand et plus puissant qu'eux allait bientôt ronger leurs os. Car la Bête se réveilla affamée. Elle commença par étancher sa soif en vidant les points d'eau un à un, puis se mit à déambuler au hasard pour trouver de la nourriture. Et, là, son déchaînement fut terrible. Arbres, hommes, femmes ou enfants, sans distinction, elle dévorait tout sur son passage. Quand vous sentiez son haleine fétide, il était déjà trop tard, la seconde d'après vous étiez englouti. Ses griffes et ses crocs étaient si acérés qu'un simple frôlement pouvait fendre un roc en deux. Aucune flèche, aucune lance ne l'atteignaient. D'autant plus redoutable qu'elle était un ennemi invisible. Elle savait se fondre dans le paysage, rendre ses contours incertains, se draper d'arbres et de rochers, pour être capable de surgir à tout instant. Il était difficile de la décrire précisément, car ceux qui avaient eu le malheur de la voir en face n'étaient plus là pour témoigner... La seule issue était de fuir le plus loin possible car, aveugle, la Bête ne s'aventurait jamais hors de sa montagne.

Beaucoup d'Indiens périrent dévorés par le monstre et, parfois, à la nuit tombée, on peut encore entendre l'écho de leurs cris déchirants résonner jusque dans la vallée. Comme toujours quand il n'y a plus assez d'hommes pour se battre, les chefs des deux tribus s'assirent pour fumer le calumet de la paix. Mais la Bête ne fut pas calmée pour autant, il fallait trouver un moyen d'en venir à bout. Alors on fit appel aux hommes-médecine et aux chamans. Un vieux sorcier venu du Nord leur dit que, faute de la tuer, la seule façon de l'arrêter était de l'endormir avec des chants et des danses incantatoires. Une nuit, tous les hommes-médecine, les chamans et autres sorciers se réunirent sur l'un des flancs de la Montagne Noire. Ils dansèrent et chantèrent en cercle sans discontinuer pendant deux lunes. Le sorcier du Nord mourut d'épuisement, mais son sacrifice ne fut pas vain, le miracle se produisit. Leurs chants finirent par apaiser la Bête et elle s'endormit profondément dans sa grotte. Les Indiens placèrent alors un rocher devant l'entrée pour l'enfermer à tout jamais. Depuis ce jour, ni les Nez-Percés ni aucune autre tribu ne retournèrent jamais sur la montagne. Car si, par malheur, la Bête devait à nouveau se réveiller, en l'absence de l'incantation sacrée, rien ne pourrait plus l'arrêter.

Marcus interrompt sa lecture. Le préambule l'a suffisamment effrayé. Son imagination prend le relais : et, si en bravant son toc, il avait provoqué une secousse dans les profondeurs de la montagne et réveillé la Bête ? Il se raisonne, tout cela n'est qu'une légende et n'a rien à voir avec la réalité. Il se le répète encore et encore, mais sa respiration se fait haletante. Il n'arrive plus à se contrôler, il va faire une crise de panique et sa mère n'est pas là pour le rassurer. Dehors, il entend les éclats de voix des autres qui s'amusent et lui n'arrive même plus à émettre le moindre son pour appeler sa sœur. Marcus aperçoit la boîte d'anxiolytiques sur la table de chevet. Il prend fébrilement un cachet, puis boit une rasade d'eau au robinet de la salle de bain pour l'avaler d'un coup. Il s'approche de la fenêtre pour respirer l'air frais du dehors, mais l'inquiétant sommet lui fait face. Il tire le rideau et se couche sur le lit de ses parents en position fœtale. Pendant la durée de son traitement, sa mère ne lui donnait qu'un quart d'anxiolytique, se remémore-t-il trop tard.

Le cachet entier l'assomme aussitôt, Marcus sombre dans l'abîme.

12

IMPOSSIBLE DE SAVOIR combien de temps s'est écoulé. Dehors la lumière a changé. Le visage de Marcus est éclairé par un crépuscule rouge presque irréel. Un bruit sourd et massif se répète. Encore sous l'effet du médicament, Marcus émerge difficilement. Il a du mal à se redresser sur le lit. Il entend simplement ce lourd martèlement qui se rapproche, comme un bruit de pas, mais des pas de géant tant le sol tremble. Puis, plus rien, le silence. Marcus essaie de se lever pour aller à la fenêtre mais la tête lui tourne, il retombe sur le lit. Il appelle sa sœur, mais personne ne lui répond. Il crie à nouveau et tend l'oreille. La réponse qu'il reçoit n'est pas celle escomptée : un hurlement rauque, monstrueux, résonne dehors. La marche reprend, pesante, colossale, si proche que la vitre de la fenêtre vibre à chaque enjambée. Marcus, tétanisé, aperçoit par la fenêtre les cimes des arbres bouger à l'horizon, écartés comme de vulgaires buissons. Et si la légende disait vrai ? La Bête arrive droit sur lui !

Soudain, d'autres pas pressés résonnent dans l'escalier : des pas d'homme qui se rapprochent. La porte s'ouvre d'un coup : c'est son père, maculé de boue, méconnaissable, le regard terrifié. À la vue de Marcus, il est soulagé. Il le prend dans ses bras, lui demande s'il peut courir, mais il voit bien que son fils n'est pas dans son état normal. Il lui dit de s'accrocher à son cou de toutes ses forces et le soulève comme un nouveau-né. Il dévale les escaliers le plus vite possible, manquant de tomber. Marcus a le regard rivé derrière eux, il observe la cage d'escalier défiler à toute vitesse, puis le séjour. Son père saute depuis le perron et se dirige vers la forêt.

— Qu'est-ce qui se passe ? demande Marcus.

— Ferme les yeux, ça va aller !

Mais rien ne va et, même les yeux fermés, les hurlements rauques et le bruit des destructions témoignent que le chaos est en train de s'abattre sur eux !

Marcus ne peut s'empêcher d'ouvrir un œil et, là, il voit le chalet littéralement vaciller. Puis un coup pulvérise alors tout un côté. Le choc est violent, comme si un semi-remorque percutait la maison par l'arrière. Un autre décapite le toit, projetant des éclats de poutres et quantité de débris dans leur direction. Un pan entier de plafond retombe sur eux. Il va les écraser. Marcus crie. La masse sombre les heurte de plein fouet.

Plus aucun son, sinon un sifflement constant. Marcus gît, inconscient…

On secoue son petit corps inerte, on prononce son prénom, espérant obtenir une preuve de vie. Marcus marmonne faiblement. Il a du mal à garder les yeux ouverts. Il découvre par intermittence Lia au-dessus de lui, le visage paniqué. Il est toujours dans la chambre de ses parents. Dans l'encadrement de la porte, Paul et Mary le regardent aussi avec inquiétude. Lia le redresse. Elle lui montre les pilules, mais il n'arrive pas à comprendre ce qu'elle dit. Dans un ultime effort, il hoche la tête. Elle le confie à Paul, descend l'escalier et revient aussitôt, une tasse à la main.

Elle lui fait boire du café. Le breuvage est si fort que Marcus a du mal à l'avaler. Il se précipite dans la salle de bain vomir toutes ses tripes. Lia fait signe à Paul et Mary de les laisser seuls.

Sur le bord du lit, Marcus reprend ses esprits.

— Combien de cachets tu as pris, Marcus ?

— Un seul.

— Ça aurait pu te tuer !

Marcus ne dit rien, penaud.

— J'allais faire une crise d'angoisse…

— Tu ne dois jamais toucher à ces cachets !

Marcus est sur le point de pleurer, alors Lia s'adoucit et lui caresse le dos.

— À cause de quoi, cette fois-ci ? Qu'est-ce qui te faisait peur ?

Honteux, Marcus pointe du doigt le livre sur le lit.

— Un conte indien dit que la montagne abrite une bête terrible…

Sa sœur soupire avec un petit air ironique.

— Tu sais bien que tu ne dois pas lire ce genre de choses…

— Lia, pourquoi on est sans nouvelles des parents ?! Et s'il leur était arrivé quelque chose ? Vraiment quelque chose !

— Comme une bête terrible qui les aurait dévorés tout crus ! dit-elle moqueuse.

Mais il lui vient à l'esprit le message répété en boucle lors de la séance de spiritisme, "FUYEZ", et son sourire s'efface.

Elle essaie de trouver les mots justes, la bonne explication pour le rassurer, mais aussi pour se convaincre elle-même :

— Ils ont dû retourner chercher de l'aide dans ce trou perdu. La première ville est à plusieurs dizaines de kilomètres. T'imagines, le temps d'y aller, d'organiser les secours ! C'est normal qu'on n'ait pas encore de nouvelles. Ne t'en fais pas. Je suis sûre qu'ils vont bien.

Cette explication rationnelle est tellement plus crédible que ses allégations fumeuses. Marcus se sent un peu idiot. Elle prend la boîte de pilules pour la mettre en lieu sûr dans sa poche et lui dit sèchement :

— Plus jamais tu touches à ça, c'est clair ?

Marcus acquiesce timidement, puis demande :

— Tu savais que maman en prenait ?

— Je ne savais pas, Marcus, dit-elle, gênée. Je ne savais pas.

Elle savait, c'est sûr, pense-t-il.

Lia tend la main à son frère. Ils sortent de la chambre. Marcus referme la porte derrière lui, abandonnant le livre sur le lit. Ils vont rejoindre les autres.

Dehors, Paul, Mary et Sam admirent leur œuvre. Sur la piste de décollage des deltaplanes, ils ont formé un immense SOS avec des poutrelles de bois trouvées à côté de la remise. Ainsi, ils seront plus faciles à repérer depuis le ciel, explique Paul à Marcus.

Hercule est nerveux et ne cesse d'aboyer agressivement en direction des bois, comme si quelque chose rôdait. Sam s'inquiète de son comportement, il répète qu'Hercule n'est pas dans son état normal. D'habitude, il s'agite de la sorte quand il y a l'orage, mais là, l'horizon est parfaitement dégagé.

— Quelque chose ne tourne pas rond, dit-il.

Mary lui demande discrètement d'aller attacher son chien à la cabane derrière le chalet et de lui mettre sa muselière avant qu'il n'effraie tout le monde.

Après le déjeuner, une chaleur moite imprègne l'atmosphère. Les enfants attendent sur les marches du perron, les yeux tournés vers le ciel, guettant le biplace ou l'hélicoptère de secours qui les survolera bientôt. En vain. Ils distinguent seulement les lointaines traînées blanches des avions de ligne. Comment leurs passagers pourraient-ils se douter qu'à des milliers de mètres sous leurs pieds des enfants appellent au secours ?

Hercule continue de gémir dans son coin tandis que, au fil des heures, la confiance des uns et des autres se désagrège. Et quand le soleil décline, l'ombre de la montagne qui recouvre lentement la vallée n'est que le sombre présage d'une nouvelle nuit à passer seuls. Les reliefs environnants basculent à leur tour dans le noir, sans aucune lumière à des kilomètres à la ronde, rien qui pourrait révéler la présence d'autres âmes dans cette immensité. Leur chalet est semblable à un radeau au milieu d'un océan d'arbres, et les monts alentour, pareils à des vagues gigantesques figées dans l'éternité, paraissent infranchissables.

Accrochés à leur pauvre coquille de noix, ils sont désormais des naufragés totalement livrés à eux-mêmes alors que, tapi dans l'ombre, un ennemi impitoyable les épie.

13

EN DÉPIT DE LA CHALEUR RÉGNANT dans le chalet, les cinq compagnons d'infortune ont préféré retourner à l'intérieur. Ils gisent sur les sofas du salon, aussi accablés par l'atmosphère suffocante que par leur désillusion. À travers la moustiquaire de la fenêtre, Sam regarde vers la route. Dehors, la nuit ne laisse échapper aucune lueur d'espoir.

Mary observe du coin de l'œil le portrait de son arrière-grand-père. Il semble les surveiller avec ses yeux perçants. À bien examiner son expression, on pourrait même y déceler une pointe d'ironie. Oui, il semble les narguer.

Mary interpelle son frère d'un ton peu assuré :

— Je supporte plus de la voir, cette vieille photo…

Paul considère l'image une seconde, et c'est vrai qu'il y a de quoi être mal à l'aise. Il se lève et va décrocher le cadre, il le pose face retournée contre la cheminée.

— Je suis sûr que ça fera marrer papa de voir qu'on l'a enlevé…

La réplique de Paul reste en suspens, sans susciter aucun amusement.

— On aurait dû voir arriver des secours depuis longtemps, assène Marcus. Il leur est sans doute arrivé quelque chose.

— Il a raison, c'est pas normal, renchérit Lia en s'adressant à Paul. Ils ont peut-être besoin d'aide ?

Paul soupire tout en se levant de son fauteuil. Il prend un ton posé mais ferme :

— Écoutez, ça ne sert à rien d'imaginer le pire. Pour l'instant, on n'a aucune certitude de quoi que ce soit. Des dizaines d'imprévus, dont on n'a même pas idée, ont très bien pu les ralentir… Et c'est pour ça qu'on n'a pas encore de nouvelles. Ce n'est peut-être pas aussi grave que vous voulez bien l'imaginer ! Pour l'instant, le plus raisonnable est encore d'attendre.

— Alors, on reste comme ça, les bras croisés ?! s'offusque Lia.

D'une voix plus tempérée, Mary abonde dans son sens :

— Paul, Lia a peut-être raison. Et s'ils avaient besoin que ce soit nous qui allions leur chercher de l'aide ?

Sam opine du chef en jetant un coup d'œil à Paul, qui reste songeur.

— Demain à la première heure, on doit partir chercher des secours ! assène Lia.

La décision du groupe semble lui appartenir maintenant. Et Paul s'agace de la voir marcher sur ses platebandes.

— Écoute, Lia. Primo, c'est pas toi qui commandes, c'est à nous que revient cette tâche avec Mary. Et deuzio, il n'y a plus de pont de toute façon, donc ça règle le problème car on pourra aller nulle part !

— Qui a parlé de passer par la route ?! On peut très bien partir par la forêt derrière la maison. C'est beaucoup moins abrupt, j'ai même vu un chemin qui descendait à travers les bois, il doit bien rejoindre une route quelque part…

— Ça, on n'en a aucune certitude non plus. Si les parents nous ont formellement interdit de quitter le chalet, c'est parce que la forêt est immense et qu'il est facile de s'y perdre. En plus, on n'est pas à l'abri d'y faire une mauvaise rencontre. Hein, Marcus, tu préfères rester ici en sécurité, j'imagine ?

Dépité, Marcus ne répond pas. Il a beau retourner le problème dans tous les sens, il ne trouve aucune solution idéale. Choisir de rester dans cet endroit terrifiant ou risquer de défier son toc en ne prenant pas le même chemin au retour…

— Faire une mauvaise rencontre… T'as peur d'y croiser qui ?! Jack l'Éventreur ? lui rétorque Lia, condescendante.

— Je parlais d'un ours. Alors c'est pas la peine d'essayer de me prendre de haut, Lia. Ça marche peut-être avec Marcus ou avec ta mère, mais pas avec moi ! Essaie de réfléchir avant de parler et de faire preuve d'un peu de maturité pour une fois !

Piquée au vif, Lia se lève pour se mettre à sa hauteur.

— C'est toi qui devrais faire preuve de maturité et accepter qu'on n'est pas forcément d'accord avec tes idées.

— Le problème, c'est que j'ai toujours quatre coups d'avance sur vous et que j'ai déjà pensé à toutes les possibilités. La seule solution tenable pour l'instant est de rester en sécurité ici, lui souffle Paul au visage.

Lia reste stoïque, pas intimidée le moins du monde.

— T'es vraiment qu'un petit merdeux. Je le pensais déjà avant de te connaître quand je te voyais arriver au bahut avec tes petits brushings impeccables. Tes abdos que t'exhibes quand tu joues au volley, ça me fait aucun effet, tu sais ?

Paul baisse les yeux une seconde, désarçonné par l'attaque. Victorieuse, Lia se détourne de lui avec un sourire en coin. Mais le garçon déteste perdre :

— Normal que ça ne fasse aucun effet sur une gouine !

Le mot résonne dans la pièce comme une claque. Marcus et Sam n'en connaissent pas encore le sens mais ressentent pourtant très bien le coup porté à Lia. Les joues de Mary deviennent écarlates, comme si elle aussi avait été giflée.

Brusquement, Lia se jette sur Paul. Elle lui balance un violent coup de pied à l'aine et tente d'enchaîner avec un coup de poing. Paul l'esquive et lui attrape les poignets pour essayer de la maîtriser. Tandis que Marcus et Mary sont tétanisés par ce déchaînement, Sam se lève pour s'interposer. Il réussit à les séparer et les tient à distance.

— Ça suffit ! crie Mary excédée. Vous devriez avoir honte ! Vous vous battez alors que… alors qu'on ne sait même pas si nos parents vont bien !

Furieuse, elle quitte la salle à manger et monte précipitamment l'escalier. Devant sa colère, Paul et Lia s'arrêtent. À l'étage, une porte claque violemment. Paul se retourne vers Lia :

— C'est de ta faute tout ça…

Lia le toise d'un regard méprisant et va s'enfermer dans sa chambre à son tour. On l'entend tourner la clef dans la serrure, puis des coups se mettent à pleuvoir à l'intérieur de la pièce. Comme les grosses gouttes d'une averse orageuse, ils s'abattent crescendo, dans un tonnerre de bris et de casse. Elle semble taper partout à la fois, dans un déchaînement insensé.

Paul s'indigne :

— Elle est complètement tarée ?! Elle va tout détruire si on l'arrête pas !

Alors qu'il se dirige d'un pas décidé vers la porte de la chambre, Marcus le retient par la manche.

— À ta place, je la laisserais se calmer toute seule, lui conseille-t-il en haussant les épaules, comme si rien ni personne n'était capable de raisonner les crises de colère de sa sœur.

Telle une vieille habitude, Marcus attrape un *Captain America* et se met à lire en attendant que ça passe. Fataliste, Sam l'imite et se plonge dans un autre *comics*. La scène prend une tournure presque cocasse avec les deux garçons sereinement en train de bouquiner malgré le vacarme sans nom. Désarçonné, Paul finit par s'asseoir, prenant son mal en patience. Il cogite, sans doute de manière à avoir toujours quatre coups d'avance. Puis, ayant trouvé la seule et unique bonne chose à faire, il se relève et sort fermer les volets.

14

MARY EST ASSISE SUR SON LIT, elle écoute attentivement pour tenter de comprendre ce qui se passe dans la chambre en dessous de la sienne. Après un dernier craquement sourd, le calme revient. Sans faire de bruit, Mary descend du sommier et colle son oreille sur le plancher. Elle perçoit une respiration saccadée. Dans les nervures du vieux parquet, un léger trou laisse passer de la lumière. Elle aperçoit Lia couchée sur le sol, recroquevillée sur elle-même comme une araignée qui se meurt.

Lia respire fébrilement, elle serre son poing tremblant contre elle avec son autre main. Un ouragan a dévasté la chambre : les lits sont renversés contre les murs, la porte de l'armoire a été enfoncée, une chaise est totalement disloquée. Oui, quand Lia perd son sang-froid, rien ni personne ne peuvent la raisonner.

Soudain, une voix ténue, presque imperceptible, l'appelle de l'au-delà :

— Lia…

Elle se redresse brusquement et regarde vers la porte, interloquée.

— Lia… Au-dessus… c'est moi… c'est Mary…

Lia lève les yeux au plafond et remarque le trou entre les nervures. En apercevant l'œil qui l'observe, elle paraît soulagée.

— Lia… Ça va mieux ?

Lia, encore un peu groggy, hoche la tête.

— T'as mis un beau bordel, dis donc !

Lia, désolée, constate les dégâts. Dans un geste un peu vain, elle ramasse un barreau de chaise et essaie de l'emboîter dans l'assise du siège cassé. Elle entend Mary pouffer de rire. Le petit ricanement délicat provenant du plafond gagne à son tour Lia.

Mary descend les escaliers et se dirige vers la chambre de Lia. Paul rentre à peine. Il l'aperçoit et l'interpelle discrètement depuis le couloir.

— Mary…

Celle-ci s'arrête, sur le point de frapper à la porte.

— Oui, Paul ? fait-elle, d'un ton lourd de reproches.

— Je… je suis désolé.

— C'est pas à moi qu'il faut le dire ! réplique-t-elle.

Le visage de Paul se referme.

— Allez vous faire foutre toutes les deux !

Mary soupire en frappant à la porte. Lia lui ouvre aussitôt et elle disparaît à l'intérieur.

De mauvaise humeur, Paul interpelle Sam et Marcus toujours en train de bouquiner sagement dans le salon :

— Alors c'est moi qui dois tout faire ici ?! J'ai poussé les volets, vous pourriez au moins les verrouiller de l'intérieur !

Confus, Sam repose son livre et se lève, tandis que Marcus l'imite sans entrain, peu habitué à mettre la main à la pâte. Il n'est d'ailleurs pas d'une grande aide car ses chemins de moquette sont rarement proches des fenêtres. Alors, il finit par rejoindre Paul dans la cuisine. Celui-ci sort du jambon et du pain de mie. Marcus le regarde, feignant la complicité :

— Moi aussi, j'ai une de ces faims !

— T'es grand, si tu veux te faire à manger, tu te débrouilles ! lui rétorque sèchement Paul.

Marcus encaisse puis, avec son air de petit garçon modèle des pubs pour les céréales, il lui demande, un rien narquois :

— En parlant de taille justement, tu pourrais m'attraper le beurre de cacahuète ? Je suis trop petit…

Mary aide Lia à ranger la chambre transformée en champ de bataille. Elles demeurent chacune de leur côté, un peu intimidées, sans doute encore gênées par la réflexion de Paul. Mary remarque la croix en fer accrochée sur la porte : elle est à l'envers. Le clou du haut a dû sauter. Lia s'en aperçoit aussi :

— Heureusement que ma mère n'est pas là, elle voit des symboles partout… Bienvenue dans la chambre de l'antéchrist !

Mary sourit, amusée. Lia, le visage triste :

— Des fois, je me demande si c'est pas comme ça qu'elle me voit vraiment…

Mary retrouve le clou dans une rainure du parquet. Elle prend un pied de chaise et s'en sert comme marteau pour refixer la croix dans le bon sens.

— Et voilà, c'est réparé, t'es à nouveau une bonne chrétienne !

Lia esquisse un sourire, mais une expression embarrassée demeure sur son visage.

— Je suis vraiment désolée pour tout ça… J'ai honte… Je rembourserai tes parents pour les objets que j'ai cassés.

— T'en fais pas ! Ma mère voulait changer le mobilier de toute façon, ça lui donnera une bonne excuse.

Lia range les morceaux de la chaise disloquée dans un coin de la chambre. On remet la moquette en place jusqu'au lit de Marcus, on range ses petits cyclistes éparpillés dans sa boîte.

— Moi, je suis désolée pour ce qu'a dit mon frère, insiste Mary.

— Oh, ça… ça n'a aucune importance…

Mary observe Lia un moment, incertaine, puis ose :

— Ça t'est déjà arrivé avant ?

Mary l'a demandé d'une façon si ténue que la question paraît intime, pleine de sous-entendus. Lia hésite à répondre :

— Quoi ? l'interroge-t-elle en la fixant droit dans les yeux.

Troublée, Mary baisse son beau regard.

— Ben… de te mettre dans des états pareils ?

Un ange passe, Lia hausse les épaules.

— Une fois… avec ma mère… Et une fois avec un garçon du lycée, qui s'était moqué de moi.

— Ça fait quoi comme sensation ?

— Ben, je sais pas. C'est plus fort que moi. Je n'arrive plus à me contrôler et… il faut que ça sorte.

— Ça doit être libérateur… Ça me ferait peut-être du bien…

— Ça fait du bien sur le moment, seulement. Après… il faut réparer…

Tout en prononçant sa dernière phrase, Lia essaie de rebasculer le lit de son frère sur ses pieds. Mais il est en bois massif et l'entreprise n'est pas simple. Mary vient à ses côtés pour l'aider.

— Je sais pas comment t'as fait pour le retourner toute seule ! dit-elle, à la peine.

— Moi non plus, concède Lia en plein effort.

Elles finissent par réussir et le lit retombe sur ses pieds dans un grand bruit. Les deux jeunes filles, à bout de forces, s'affalent sur le sommier. Couchées sur le dos côte à côte, elles reprennent leur souffle.

Mary tourne la tête vers Lia. Elles sont si proches que Lia n'ose pas la regarder. Mary remarque une minuscule plume d'oreiller posée sur la tempe de la jeune fille. Alors, délicatement, elle la saisit et la lui montre :

— Ta mère se trompe à ton sujet… Tu as tout d'un ange.

Puis elle lui caresse son beau visage, à la peau si lisse et si douce. Lia n'ose bouger un cil, de peur de faire s'envoler cet oiseau rare. Mary se redresse légèrement et vient trouver ses lèvres. Les deux jeunes filles s'embrassent avec une infinie tendresse. Puis elles se blottissent dans les bras l'une de l'autre et restent immobiles, espérant demeurer pour toujours suspendues dans l'espace et le temps.

15

MARCUS FINIT D'ÉTALER uniformément le beurre de cacahuète sur sa tartine de pain de mie tandis que Paul coupe son sandwich en deux triangles symétriques. Satisfait, Marcus interrompt à nouveau Paul :

— J'ai terminé. Tu peux remettre le pot à sa place ? demande-t-il avec la même expression faussement naïve.

Paul, agacé, range le récipient sur l'étagère. Il se retourne pour prendre son sandwich, mais sa paume est pleine de beurre de cacahuète maintenant. Il laisse échapper un râle d'exaspération et va se laver les mains dans l'évier. Lorsqu'il actionne le robinet, un drôle de bruit se fait entendre. Une eau poisseuse coule entre ses doigts et puis plus rien.

— C'est quoi ce bordel ?!

Paul, excédé, attrape un torchon. Il interroge Marcus des yeux, comme s'il soupçonnait une mauvaise blague, mais celui-ci est tout aussi intrigué. Le caractère anormal de la situation a tout de suite interpellé le garçon.

— Sam, t'as touché au robinet ?! crie-t-il à son frère qui sort à peine des toilettes.

— Ben j'ai bu de l'eau tout à l'heure.

— Non, mais je veux dire tu l'as bricolé ? Y a plus d'eau !

— Non… J'avais pas d'eau non plus quand j'ai voulu tirer la chasse, s'excuse Sam.

Paul va dans la salle de bain du rez-de-chaussée et, lorsqu'il tente de faire marcher la douche, la même chose se produit. Une eau visqueuse jaillit et cesse aussitôt de couler.

— Y a plus d'eau, putain !

Il se précipite dans le cellier et là, heureusement, une dizaine de bonbonnes d'eau de source sont entassées. Il en prend une et remplit un pichet avec.

— Il ne manquait plus que ça…

— D'où vient l'eau ? s'inquiète Marcus.

— De la source où vous êtes allés vous baigner avec ta mère.

Une sourde angoisse s'empare de Marcus :

— Ça veut dire qu'il n'y a plus d'eau là-bas ? Mais c'est impossible, le bassin était rempli…

Paul hausse les épaules :

— Quelque chose doit boucher le système. Quand je pense au fric que ça a coûté de tirer un tuyau jusque là-haut. Bon, il faudra rationner l'eau.

Mais l'explication est trop simple pour Marcus. Il sait pertinemment que tous ces événements qui s'accumulent ne sont pas normaux, ne sont pas aussi rationnels que Paul veut bien le croire. Un passage de *Ses griffes et ses crocs* lui revient en mémoire. Il monte précipitamment chercher le livre dans la chambre de ses parents pour en avoir le cœur net. Il parcourt avidement le préambule : "… La Bête se réveilla affamée. Elle commença par étancher sa soif en vidant les points d'eau un à un, puis se mit à déambuler au hasard pour trouver de la nourriture. Et, là, son déchaînement fut terrible…"

En vidant les points d'eau un à un…

Soudain, les aboiements d'Hercule reprennent dehors. Le garçon colle son visage à la fenêtre pour regarder dans la nuit, mais il ne discerne rien sinon la tache blanche de la fourrure de l'animal qui s'agite près de la cabane comme un spectre. Pourquoi ce chien est-il aussi nerveux ? Et s'il avait senti rôder la Bête ? Une sueur froide parcourt le dos de Marcus et la température de son corps chute d'un coup de plusieurs degrés. Il glisse le livre dans la poche arrière de son jean et descend retrouver les autres.

Entendant le vacarme, Paul interpelle sèchement Sam :

— Tu lui avais pas mis une muselière, toi ?!

Devant le ton inquisiteur de son frère, Sam bafouille et répond, penaud :

— Si, je l'ai fait. Je comprends pas…

Paul soupire :

— Il a dû l'enlever.

Mais une fois de plus, l'explication n'est pas satisfaisante pour Marcus. Et si c'était la Bête qui avait arraché le pont ? Et si tout cela n'était pas qu'une légende ?!

Paul va farfouiller dans l'armoire de l'entrée. Il en revient avec une lampe torche, une Maglite aussi imposante qu'un sceptre. Marcus l'interroge, soucieux :

— Tu fais quoi ?

— D'après toi ?! On va aller la lui remettre, sinon il va aboyer toute la nuit.

Marcus se raidit :

— Je ne crois pas que vous devriez sortir… Et s'il y a… hésite-t-il une seconde, de peur d'être pris pour un fou. S'il y a… une bête dehors ?

Paul regarde Marcus avec mépris :

— Et l'autre flippé qui s'y met !

Pour Sam, la remarque n'est pas idiote du tout. Avant de sortir avec son frère, il attrape un tisonnier adossé à la cheminée.

— Au cas où il y ait une méchante bête, dit-il timidement à son frère.

Paul lui fait signe de se dépêcher, tout en lançant, sarcastique, à Marcus :

— Voilà, comme ça, t'es rassuré ?

Marcus n'ose pas répondre car il n'est pas du tout rassuré. Si Hercule aboie à cause de la Bête, ce n'est pas une simple pique en métal qui pourra sauver leur peau. Alors discrètement, après leur sortie, Marcus éteint les lumières du salon une à une. Il vient se poster derrière le battant de la porte de la cuisine ; dans la pénombre de la moustiquaire, il peut espionner sans être vu.

Paul avance en tête, son puissant faisceau lumineux comme seule arme pour repousser l'obscurité qui les entoure. Il éclaire la cabane à l'orée des bois et découvre une scène digne des pires cauchemars de Marcus. Hercule aboie, déchaîné, tirant sur sa laisse dans tous les sens, pareil à une bête brûlée au fer rouge. Sa muselière est en partie défaite, et il gueule éperdument, à s'en déchirer la gorge, annonçant les pires malheurs. Ses yeux réfléchissent la lumière de la torche, lui donnant un regard d'animal possédé. Et il aboie encore et encore, sans que la présence de ses maîtres ne l'apaise.

Face à cette furie, Paul ralentit le pas. Il prend le tisonnier que tenait Sam et reste en retrait, sur ses gardes. Son frère s'avance vers le chien tout doucement, lui parlant avec ce ton apaisant dont il a le secret. Mais Hercule ne se calme pas et tire sur sa laisse à s'en étrangler. Désemparé, Sam se retourne vers son frère :

— Il faut qu'on le détache, sinon il va se faire mal.

— Il est beaucoup trop agité. Il pourrait nous mordre.

— Non… Il ne nous mordra pas. Sam cherche ses mots : Il a peur… Il est attaché et ce n'est pas bien pour lui. Il faut que je le détache !

— T'es bien sûr de toi, Sam ?

— Oui, je vais le calmer… et après je dormirai avec lui dans le salon… OK ?

— Je te préviens, s'il essaie de nous mordre, je l'assomme ! menace Paul avec sa barre.

Sam acquiesce, il s'approche encore d'Hercule en faisant des gestes lents, ses mains bien en vue :

— Je suis là, mon chien… ne t'en fais pas…

Le molosse se met alors à grogner après Sam. Le garçon a beau être costaud, il ne ferait pas le poids.

— C'est moi… Tu n'as rien à craindre…

Lentement, Sam défait le nœud qui retenait la laisse au poteau de la cabane. Hercule continue de retrousser les babines mais le laisse faire.

— De quoi tu as peur ?

Tandis qu'il éclaire son frère, Paul regarde autour d'eux, comme s'il cherchait une explication à tout cela. Il fait un pas de côté et se tord la cheville dans un trou, laissant échapper sa pique. Celle-ci heurte une pierre dans un choc métallique. Aussitôt Hercule bondit en avant. Sam n'arrive pas à le retenir et le chien percute brutalement Paul. Il le renverse et part comme une flèche dans les bois.

Sam se lance à sa poursuite dans le noir, tandis que Paul se relève difficilement en ramassant la lampe.

— Reviens, Sam ! Laisse-le ! crie Paul.

Paul hésite à le suivre.

— Sam, putain…

Puis à son tour, il s'enfonce dans les entrailles de la nuit.

— Paul ! Non ! N'allez pas dans les bois ! leur crie Marcus, en se précipitant dehors.

Il distingue encore quelques secondes la lueur de la lampe torche avant qu'elle ne disparaisse, avalée par l'obscurité.

Alertées par les vociférations, Lia et Mary accourent :

— Qu'est-ce qui se passe ?! demande Lia.

— Où sont mes frères ? s'inquiète Mary.

— Ils sont partis chercher Hercule. Il s'est enfui dans la forêt ! Il faut qu'ils reviennent, ils ne doivent pas aller dans les bois ! répond Marcus.

16

À BOUT DE SOUFFLE, Sam cesse de courir. Il a perdu de vue la tache blanche d'Hercule, son seul point de repère dans l'obscurité. Il sait qu'il ne le retrouvera plus maintenant. Sam est perdu, là au milieu de nulle part. Il se retourne et aperçoit une lueur au loin, c'est Paul qui l'appelle. Il va pour lui répondre mais, subitement, la tête lui tourne. Il manque de perdre l'équilibre et s'appuie contre un arbre. Il voudrait crier, mais il est déjà trop tard. Ses yeux se révulsent et il tombe comme une pierre sur le sol. Ses membres battent dans le vide, pris de convulsions. Son corps ne cesse de s'agiter en silence tandis qu'à quelques mètres de là seulement, la lampe torche de son frère balaie les arbres, sans le voir.

— Sam !!! hurle Paul aussi désespéré qu'en colère.

Un rugissement lointain et puissant déchire le silence. Il semble provenir des hauteurs de la montagne. Paul s'arrête net, pétrifié. Il braque le faisceau de la Maglite en amont, mais une armée de troncs immobiles lui barre la vue. Le cri rauque retentit à nouveau, guttural, un hurlement qui semble surgir du fond des âges.

D'autres bruits difficiles à décrire s'ensuivent, du bois qu'on piétine, quelque chose de massif, d'énorme, qui dévale droit sur lui. Paul hésite, réfléchit du mieux qu'il peut mais, cette fois, il n'a aucun coup d'avance sur son adversaire, car il n'a pas la moindre idée de sa nature.

Il se met à courir de toutes ses forces en direction du chalet. Les arbres défilent autour de lui à toute vitesse. Dans sa course éperdue, il frôle les troncs, évite *in extremis* les croche-pieds des racines.

Marcus pense également avoir entendu un rugissement, mais il est difficile d'en être sûr avec les voix de Mary et Lia qui couvrent tout.

— Paul ! Sam ! Revenez !!! crient-elles en se rapprochant de l'orée du bois.

Mais leurs appels demeurent sans écho, comme si la montagne les absorbait. Marcus leur demande de se taire un instant pour tendre l'oreille. Le trio demeure silencieux, attentif au moindre son. Dans cet intervalle muet face aux ténèbres, ils paraissent si petits, si fragiles.

Soudain, un bruit lointain se rapproche. Quelqu'un court vers eux. Une puissante lumière les aveugle alors.

— Paul, c'est toi ?

— Bien sûr, Mary, que c'est moi. Qui ça peut-être d'autre ?! dit Paul, essoufflé, en baissant sa lampe.

— Tu peux pas répondre quand on t'appelle ?! s'insurge Lia, agacée.

— Et Sam ?! demande Mary, soucieuse.

Paul, l'amertume aux lèvres, crache toute sa colère :

— Il fait chier, Sam ! Je ne sais pas où il est, ce crétin ! Il fait n'importe quoi ! Il n'écoute jamais ce qu'on lui dit !

Le cri rauque retentit à nouveau depuis les bois. Les enfants restent interdits.

— Qu'est-ce que c'est ? demande Lia.

— J'espère juste que c'est pas un ours, répond Paul.

Marcus, tétanisé, sait lui ce que c'est, même s'il ne le formule pas encore à haute voix.

— Pourquoi Sam ne répond pas ? s'inquiète Mary.

Paul se dirige vers le chalet d'un pas pressé :

— T'en fais pas… Je vais le retrouver.

Il entre dans la maison, laissant dans son sillage les autres muets d'incompréhension. Tout le monde le suit à l'intérieur.

Paul monte à l'étage en courant sous les regards de sa sœur et de Lia, restées en bas des marches. Marcus demeure dans la cuisine à surveiller dehors. Abrité derrière la moustiquaire, il scrute la lisière des bois, pour être certain de ne pas se laisser surprendre.

— Qu'est-ce que tu fais ?! crie Mary à son frère depuis le rez-de-chaussée.

Pour toute réponse, un bruit de vitre fracassée résonne dans la pièce du dessus. Mary se précipite à l'étage, suivie par Lia. Les deux jeunes filles arrivent sur le seuil de la chambre d'Eric et Nancy. Elles découvrent Paul en train d'enlever les derniers morceaux de verre restés accrochés aux montants d'une armoire.

Sans leur prêter attention, Paul plonge ses mains dans le meuble et en ressort une authentique carabine Winchester modèle 1873.

— Qu'est-ce qui se passe ? leur crie Marcus depuis la cuisine sans quitter son poste d'observation.

— C'est rien, c'est Paul qui se prend pour Buffalo Bill, répond ironiquement Lia.

— Qu'est-ce que tu fous avec ça ?! s'insurge Mary, furieuse.

— Papa m'a montré comment m'en servir au cas où une sale bête s'approcherait de trop près. Et là, je ne sais pas ce qu'il y a dehors… Mais tout à l'heure, je l'ai senti de bien trop près ! conclut-il en prenant une cartouchière.

Mary ne sait plus quoi dire, aussi inquiète de voir son frère retourner dans les bois qu'effrayée par l'arme qu'il est en train de charger.

— J'espère que tu sais ce que tu fais… lui dit Lia.

— Oui. C'est même ce qui nous différencie toi et moi…

Et, d'un air de défi, Paul lui colle l'imposante Maglite dans les mains en passant devant elle. Puis il redescend les escaliers aussi vite qu'il était monté et attrape une lampe torche plus petite dans un tiroir de la cuisine. Il la scotche sur le canon sous le regard interloqué de Marcus.

— Je viens avec toi ! déclare Mary en lui saisissant le bras qui tient l'arme.

— Non, c'est plus sûr que j'y aille seul.

— Et s'il y a un ours ?

Paul brandit le fusil, sûr de lui, en se dégageant doucement de l'emprise de sa sœur.

— Avec ça… rien à craindre. Je te promets que je vais le ramener.

Lia n'aime pas rester sur la touche, elle voudrait suivre Paul pour aider aux recherches mais ce serait supporter ses ordres et, là, c'est au-dessus de ses forces.

— Mais tu ne sais pas ce que ça peut être là-bas... bredouille Marcus.

— Restez à l'intérieur et fermez la porte à double tour jusqu'à notre retour, ordonne Paul sans prêter attention au garçon. Si c'est un ours, il peut être attiré par l'odeur de la bouffe !

Il allume la lampe scotchée à son canon, bouscule de l'épaule le battant de la moustiquaire, puis s'enfonce dans la nuit. Lia ferme derrière lui, tandis que Mary observe le halo lumineux s'éloigner dans les bois.

Mary va s'isoler dans le salon. Assise sur le canapé, elle se ronge les ongles. Elle n'a jamais été aussi inquiète pour ses frères et ses parents. Elle culpabilise de ne pas être aux côtés de son jumeau, se sent impuissante.

Brusquement, le portrait de son aïeul adossé à la cheminée bascule. Il tombe à ses pieds dans un claquement sec qui la fait tressaillir. Déconcertée, Mary se redresse lentement et l'examine depuis son siège. Le verre du cadre s'est fendu en son milieu d'une façon étrange, semblable à une plaie déchirant le visage de son arrière-grand-père, juste entre ses deux yeux perçants. Quelque chose ne tourne pas rond dans cette maison, cet endroit est malsain. Elle souhaiterait n'avoir jamais mis les pieds ici, jamais traversé ce pont qui n'existe plus, jamais eu de lien avec cet ancêtre maudit. Et si une terrible malédiction faisait partie de son héritage ?

Dans la cuisine, Lia gère le stress à sa façon : elle se fait des tartines. Assis sur le plan de travail, Marcus observe à travers la fenêtre. Le rideau d'arbres laisse parfois percevoir le faisceau lumineux de Paul tout au loin.

Marcus suspend son guet pour examiner la couverture de *Ses griffes et ses crocs*.

— Je pense que ce qui est écrit dans le livre est vrai, Lia…

— Écoute, Marcus, même si la légende parle bien de cette montagne, ce n'est qu'une légende, d'accord ?

— Le pont qui disparaît… Puis l'eau… Puis le chien qui devient fou…

Lia, tentant de se rassurer elle-même :

— Tout ça, n'est qu'une coïncidence, OK ?!

— Une fois c'est un hasard, deux fois c'est une coïncidence, mais…

— … trois fois ce n'est plus de la malchance. Je sais, ce n'est pas la peine de répéter ce que maman me balance tout le temps ! Marcus, ça ne sert à rien de se faire des films tant qu'on ne sait pas ce qui se passe !

— Lia, je crois que les parents nous ont caché quelque chose…

— Qu'est-ce que tu racontes encore ?

— Je suis sûr qu'ils ne nous ont pas tout dit. J'ai surpris Nancy et maman qui parlaient à voix basse en prenant le livre, comme si elles ne voulaient pas que je découvre ce qu'il y a dedans.

— Arrête ta parano, Marcus ! Quand les parents te cachent un truc, je suis toujours la première au courant, et là je ne sais rien. Elles voulaient juste éviter que tu te racontes des histoires comme d'habitude !

— Lia, tu vois bien que tout ça n'est pas normal.

— Il a raison, Lia, dit Mary en entrant dans la pièce. Hercule n'a jamais fugué comme ça… Je ne sais pas comment l'expliquer, mais j'ai l'impression qu'on nous veut du mal.

Décontenancée, Lia réfléchit un temps.

— Moi non plus, je ne sens pas de très bonnes ondes ici, concède-t-elle. Mais je ne crois pas que ce soit un monstre.

— Qu'est-ce que c'est ? demande Mary. Tu crois que ça à voir avec mon arrière-grand-père ? Je dis ça parce que… c'était une terre sacrée ici et il l'a volée aux Indiens… Tu penses que ça pourrait avoir un lien ?

Marcus regarde sa sœur, toujours plus soucieux.

17

À L'INSTANT OÙ PAUL PÉNÈTRE À NOUVEAU dans la forêt, il éprouve le sentiment de toute-puissance que procurent les armes à feu. Il appelle son frère d'un ton péremptoire, comme s'il était maître des lieux. Pourtant, tout ce qui l'entoure devrait lui rappeler qu'il n'est pas en terrain conquis. La lumière de sa torche projette des ombres de branches menaçantes, comme autant d'étranges créatures prêtes à l'attraper. L'adolescent est plus que jamais un intrus, une clarté anormale dans cet abîme insondable.

Soudain, quelque chose détale à quelques mètres sur le côté. Paul braque la lampe dans cette direction et éclaire à la volée un corps qui s'arrête net sous l'effet de la vive lumière. La bête se contracte de tous ses muscles, ses poils se hérissent et, derrière ses yeux perçants, elle ouvre sa gueule en crachant et sifflant, laissant découvrir des crocs acérés. Le félin est difficile à identifier à cette distance, un lynx ou un cougar. Il se libère de l'emprise du faisceau lumineux et décampe. Plus loin, d'autres bêtes dévalent la pente sans que Paul ne puisse les distinguer dans l'obscurité. Des bestioles passent entre ses jambes, frôlant ses pieds, à ras de terre. Toutes détalent dans la même direction : vers la vallée. Paul sait bien que tout cela n'est pas ordinaire et, peu à peu, sa confiance s'effrite. Car tous ces animaux ne le fuient pas lui, non, ils fuient quelqu'un ou quelque chose d'autre qui vient de plus haut dans la montagne.

— Hercule ? Sam ?! crie-t-il d'une voix incertaine, censée aussi mettre en garde.

Aux aguets, il tient fermement sa carabine en éclairant tout autour de lui, bien fragile rempart face à ce qui l'attend. Toutes ses certitudes sont balayées à cette minute par une peur ancestrale, la plus effrayante de toutes : la peur d'être dévoré vivant. Paul avance tout doucement, parcourant avec sa torche les arbres qui l'assiègent de toutes parts. Parfois, il appelle timidement son frère.

Un craquement très net retentit, tout proche, celui d'un épais branchage qu'on écrase. Il faut que la bête soit sacrément lourde, se dit-il avec anxiété. Il éclaire les fourrés d'où venait le bruit. Il remarque alors une large trace sur le sol, comme s'il venait d'être labouré. Certaines branches cassées vacillent encore. La bête est sans doute tout près. Plusieurs coups frappent fortement le sol et font vibrer la terre sous ses pieds. Paul sent ses tempes se glacer, son corps tout entier est en alerte. Il n'y a plus de doute : elle est là, tapie quelque part…

Il arme la Winchester d'un coup sec.

— Sam ?! Sam c'est toi ? hurle-t-il encore.

Mais ce n'est pas Sam. Sam gît toujours évanoui à quelques centaines de mètres en contrebas, incapable de savoir ce qui se joue ici. Conscient que chaque arbre peut cacher une bête sauvage prête à lui sauter à la gorge, Paul se prépare à tirer, plusieurs fois de suite s'il le faut !

Brusquement, un râle caverneux retentit dans son dos.

Terrifié, Paul se retourne rapidement. Et là, dissimulé dans des branchages à deux mètres au-dessus du sol, il aperçoit une dizaine de grands yeux verts fluorescents qui le regardent. Des yeux venus d'un autre monde !

18

DEPUIS LA FENÊTRE DE LA CUISINE, Marcus distingue le faisceau de la lampe de Paul chuter violemment et disparaître dans le noir. Un coup de feu perce brièvement l'obscurité. Les trois enfants demeurent interdits, le temps que l'écho de la déflagration se perde dans la nuit.

Mary et Lia se lèvent pour regarder dehors. Mais seules les ténèbres règnent désormais. Mary, angoissée, interroge Lia du regard.

— Il s'est passé quelque chose, dit-elle. On ne peut pas les laisser ! S'ils sont en danger, on doit les aider !

Mary regarde les "armes" à sa disposition sur les étagères. Elle trouve un grand couteau de cuisine. Lia saisit une hache de boucher.

— Si tu y vas, je pars avec toi !

Marcus sait que ce n'est pas une bonne idée, que c'est même la pire qui soit. Car si la Bête est bien là-bas comme il le pense, ils risquent tous d'y passer. Alors il cogite tant qu'il peut. Il doit trouver une solution pour empêcher sa sœur et Mary de foncer droit dans la gueule du monstre. Il parcourt le livre à toute vitesse.

Un passage attire son attention : "… car, aveugle, la Bête ne quittait jamais la montagne…"

Aveugle ! Le regard de Marcus s'éclaire :

— Non ! Vous êtes responsable de moi et vous ne pouvez pas me laisser tout seul ici ! Il n'y a qu'une chose que l'on puisse faire pour les aider, dit Marcus, avec une autorité qu'il se découvre à l'instant.

19

SAM SE RÉVEILLE PEU À PEU. Encore sonné, il se redresse doucement. Il essaie de se souvenir où il est et ce qu'il fait ici.

— Paul ? appelle-t-il craintivement, comme s'il s'extirpait d'un mauvais rêve.

Mais il n'est pas dans son lit et les “piliers” qui le surplombent lui rappellent qu'il est quelque part au milieu de la forêt. Pour la première fois de sa vie, il se sent totalement démuni, seul, abandonné de tous. Paul devait en avoir marre de lui, pense-t-il. Il a conscience qu'il peut être un poids pour son frère. Mais il n'a pas le temps de s'apitoyer sur son sort. Les rugissements retentissent, si proches que Sam les ressent jusque dans sa cage thoracique. Il a beau ne pas comprendre ce qui se passe, il est terrifié car la terre tremble sous ces pas de géant qui approchent. Son instinct de survie le pousse à trouver un abri. Il remarque un tronc pourvu d'une large cavité et se cache à l'intérieur.

Il retient son souffle tandis qu'une masse sombre le dépasse sur sa gauche. La “chose” est là. L'obscurité rend ses contours incertains, mais sa respiration est puissante et caverneuse. Le garçon se tapit au fond de l'arbre, à y laisser son empreinte. Il distingue alors une autre forme tout aussi massive sur sa droite. Il semble pris en tenaille par de monstrueux tentacules dont les extrémités sont faites de branches. Elles se dressent vers le ciel, en émettant des gémissements effrayants. Sam ferme les yeux et se bouche les oreilles. Il n'entend plus que les battements de son cœur qui tape à tout rompre dans sa poitrine. Soudain, le sol tremble sous des coups terribles et la vibration s'éloigne en quelques secondes. Sam rouvre les yeux : les tentacules ont disparu, la "chose" est partie. Il l'entend dévaler au loin, bousculant tout sur son passage.

Il reste immobile un moment, jusqu'à ce que le calme soit tout à fait revenu, puis sort de son refuge. Il tente de retrouver son chemin mais l'entreprise s'avère impossible dans ces ténèbres. Sam appelle plaintivement son frère. En vain. Déambulant à l'aveugle, il se blesse le front contre une branche morte. Désespéré, il est sur le point de se laisser choir et d'abandonner quand il aperçoit au loin une lumière balayer la cime des arbres. On l'attend là-bas. Ce phare signalant la bonne direction est bien pour lui, son frère ne l'a pas oublié.

Il avance aussi vite qu'il le peut et voit bientôt le chalet apparaître. Il peut même distinguer la silhouette de Marcus à la fenêtre de l'étage qui actionne la Maglite, ainsi que celles de Lia et Mary. Sam atteint la clairière, bientôt sain et sauf, quand tout à coup quelque chose l'attrape et le tire derrière une souche. Il voudrait crier mais on l'en empêche. Il essaie de se débattre mais on le tient fermement.

— Ne dis rien… surtout ne dis rien, lui murmure-t-on à l'oreille.

Il reconnaît la voix de Paul et se calme aussitôt. Son frère lui désigne des mouvements suspects. À quelques mètres du cabanon, un ours traverse la clairière. Malgré sa stature de colosse, il paraît désemparé ; il fuit quelque chose de plus grand, de plus redoutable que lui.

— Il n'arrête pas d'en passer depuis tout à l'heure, chuchote Paul.

Il attend quelques minutes, prend le temps de bien s'assurer que la voie est libre.

— Je crois qu'on va pouvoir y aller. Ne cours sous aucun prétexte. Pour un ours : si tu cours, tu es une proie.

— OK, je cours pas, répond Sam.

— Tu ne me lâches pas d'une semelle, c'est bien clair ? Je veux que tu me suives comme mon ombre, insiste Paul, en vissant son regard dans celui de son frère.

Sam acquiesce timidement avec la volonté sincère de ne plus le décevoir.

Paul prend en main la Winchester qu'il portait en bandoulière et ouvre la marche. La torche scotchée sur le canon est cassée, ils doivent se frayer un chemin à la seule lueur de la lune.

Ils avancent à pas de loup jusqu'à la cabane. La partie semble gagnée, le chalet n'est plus qu'à une trentaine de mètres. Ils entreprennent la traversée de la clairière maintenant. Paul s'apprête à appeler Marcus à l'étage mais à peine fait-il quelques pas qu'il entend un grommellement. Un ourson furète près de la fenêtre de la cuisine.

— C'est pas vrai, qu'est-ce qu'il fout là, lui ?! marmonne-t-il dans sa barbe.

Paul arme sa carabine et met en joue l'animal, en scrutant nerveusement l'obscurité.

— Sa mère doit pas être loin…

Le déclic métallique de l'arme a attiré l'attention de Marcus. Il les aperçoit enfin au milieu de la clairière :

— Ils sont revenus ! Ils sont là !

Les deux jeunes filles se penchent à la fenêtre et les découvrent à leur tour. Mais le soulagement est de courte durée : un grognement de stentor déchire la nuit. L'ombre massive d'un grizzly se détache alors des bois et de la pénombre. Il s'avance, menaçant.

— Vite, il faut leur ouvrir la porte ! s'exclame Lia.

Mary se précipite dans l'escalier.

Paul ordonne à Sam de courir au chalet.

— Mais tu m'as dit…

— Sam, ne discute pas, cours !

Sam, après une hésitation, s'élance vers le chalet tandis que son frère tire un coup de feu en l'air. L'ourson détale vers sa mère mais celle-ci, loin d'être effrayée, se redresse de toute sa hauteur sur les pattes arrière en rugissant.

Sam tambourine à la porte, paniqué.

— Mary, ouvre !

De l'autre côté de la cloison, Mary essaie d'ouvrir, mais la clef se bloque.

— Papa devait réparer cette putain de serrure !

Paul marche à reculons vers l'habitation sans quitter des yeux le grizzly qui approche, tandis qu'à l'intérieur

Lia essaie à son tour de tourner la clef. Elle force tant que l'anneau de la clef se brise net, ne laissant plus que la tige et un morceau cassé sur l'embase.

— C'est pas vrai ! peste Mary, désespérée.

Lia réfléchit une seconde.

— Est-ce que tu as une pince plate ou quelque chose comme ça ?

Mary se précipite vers le buffet de l'entrée et revient avec une vieille clef anglaise toute rouillée.

Paul n'est plus qu'à quelques pas de la maison tandis que l'ourse rugit à deux mètres à peine de lui. Le garçon est terrifié face à ces babines retroussées et ces canines pointues comme des pieux. Le grizzly est si proche que Paul sent l'air brassé par ses puissantes pattes dont un seul coup pourrait lui arracher le bras. Il hésite à tirer car il sait que s'il le rate, la seconde d'après la bête lui sautera dessus. Alors faute de mieux, il continue à lui faire face en hurlant.

Mais l'ourse n'est pas intimidée le moins du monde, elle se rapproche encore et envoie un coup de griffes qui frappe le canon de Winchester et désarme Paul. La carabine tombe à ses pieds. Le garçon est maintenant à sa merci, quand subitement un puissant faisceau lumineux aveugle l'animal. C'est Marcus à l'étage qui tente de le faire reculer avec la Maglite. Ébloui, le mastodonte donne des coups de griffes dans le vide. Paul ramasse vite l'arme et rejoint Sam devant la porte close.

Lia a vissé les mâchoires de la clef anglaise sur l'embase de la tige, de telle sorte que cela puisse faire levier.

— Dépêchez-vous ! crie Paul.

Lia se concentre sur cet axe, comme si la rotation de la Terre elle-même en dépendait. Elle actionne la clef bricolée d'un coup sec et, cette fois, le mécanisme de la serrure tourne et libère la clenche. Lia ouvre enfin à Sam et Paul qui se précipitent à l'intérieur. Lia entrevoit le grizzly fonçant sur la porte au moment précis où elle la claque. Le chambranle vibre sous un puissant coup de patte. Lia ferme à double tour avec la pince puis s'écarte. La porte reçoit un nouveau choc, puis plus rien.

Marcus voit l'ourse dresser ses oreilles vers la montagne comme si un signal, qu'elle seule pouvait percevoir, la rappelait à l'ordre. Elle grogne une dernière fois contre la bâtisse puis, suivie par son ourson, détale dans la forêt. Tandis que le danger s'éloigne, la tension se répercute dans tout son corps et Marcus commence à trembler comme une feuille. Il éteint la lampe torche mais, avec ses mains fébriles, ne parvient pas à refermer la fenêtre. Impuissant, il s'assoit sur le lit de ses parents et fond en larmes.

20

— POURQUOI TU NE ME RÉPONDAIS PAS quand je t'appelais ?! Tu peux pas partir comme ça, Sam… C'est n'importe quoi ! Tu nous as tous mis en danger !

Sam voudrait s'expliquer mais il n'a pas eu le temps de raccommoder ses pensées depuis sa crise d'épilepsie. Il essaie de se souvenir, de remettre en ordre ses méninges encore toutes retournées. Cet air perdu, Mary le connaît trop bien :

— Il a fait une crise ! C'est pour ça qu'il n'a pas pu te répondre. C'est pour ça qu'il ne se souvient pas !

La colère de Paul s'éteint instantanément, soufflée par l'exaspération de sa sœur qui part dans la cuisine.

— Et toi, sur quoi tu as tiré tout à l'heure dans la forêt ? lui demande Lia.

Le visage de Paul s'assombrit, lui non plus ne sait pas.

— Ça devait être une bête… Il y en avait plein qui partaient dans tous les sens… Ça m'a surpris, je suis tombé en arrière et le coup est parti tout seul.

Mary revient avec un verre d'eau pour Sam. Son "grand-petit frère" la remercie poliment et boit d'un trait.

— Il y avait quelque chose dans les bois, dit-il d'un ton grave. C'est pour ça qu'Hercule avait peur.

— Qu'est-ce que tu as vu ? demande Marcus.

— Je ne sais pas... C'était gros, tellement immense que le sol tremblait. Je me suis caché et j'ai vu la chose, avec ses grandes branches... vers moi. J'ai cru que les arbres voulaient m'attraper. J'ai fermé les yeux... Et d'un seul coup, elle est partie à toute vitesse...

Paul tente de relativiser :

— Il est encore choqué par sa crise. Il ne sait pas ce qu'il a vu.

L'assemblée reste silencieuse. Marcus se réfère à son livre :

— "Seuls les animaux eurent la sagesse de quitter la montagne dès les premiers signes de sa présence", lit-il à haute voix. Tout se passe exactement comme dans le livre : ils sentent la Bête et c'est pour ça qu'ils s'en vont !

Sa sœur reste muette, à court d'argument, elle commence à croire à son histoire. Et comme par contagion, le visage soucieux de Mary laisse penser qu'elle aussi.

Pour la première fois de sa courte vie, Marcus est sûr de lui : ils sont en danger et il n'y a pas un instant à perdre !

— Il faut fuir la Bête, il faut partir d'ici ! C'est la seule chose à faire ! s'exclame-t-il.

Paul lui arrache le bouquin des mains et survole la quatrième de couverture.

— Une histoire de monstre... Qu'est-ce que c'est que ces conneries ?! Ne me dites pas que vous allez croire aux délires d'un gamin qui n'est pas capable de marcher sur du parquet ?! Je sais que la situation n'est pas facile mais il faut absolument qu'on garde la tête sur les épaules ! dit-il en jetant le livre par terre.

Lia échange un regard avec Mary. Sans un mot, cette dernière approuve d'un battement de cils. Paul le remarque. Il déteste cette complicité nouvelle qui les lie ; s'il pouvait la briser d'un coup de hache, il le ferait sur-le-champ.

Posément et fermement, Mary prend la parole :

— Paul, il y a trop de choses bizarres qui se sont passées ici. On ne peut plus rester. Demain matin, on doit partir !

Paul interroge sa sœur du regard. Il semble lui dire : "Pas toi… Non, toi, tu ne peux pas me trahir… Tu ne peux pas être contre moi." Mais leur complicité télépathique paraît brouillée. À l'évidence, Mary n'est plus branchée sur la même fréquence que son frère jumeau. Paul encaisse le coup, et c'est sur un ton redevenu humble qu'il plaide sa cause :

— Mary, tu te rappelles ce que nous a enseigné papa : en cas de tempête ou de grave problème, il faut toujours rester à l'abri, jusqu'à ce qu'on s'aperçoive de notre disparition et que les secours viennent nous trouver. Si nos grands-parents n'ont pas de nouvelles très vite, ils vont forcément le signaler aux autorités ! Rester dans le chalet, c'est la solution la plus logique.

— Mais on ne sait pas ce qui se passe ici ! Comment peux-tu être sûr d'avoir la solution ?! s'agace Lia.

— Tu as vu comme moi ce que le verre a écrit ! renchérit Mary.

Marcus ne comprend pas de quoi elle parle et cherche une réponse en regardant sa sœur avec insistance.

— On a fait une séance de spiritisme et le verre a marqué “FUYEZ”, avoue-t-elle.

Mary essaie d’expliquer ce qu’est la nécromancie à Sam, tandis que le visage de Marcus devient livide. Paul sent le vent tourner :

— Non, mais je crois rêver ! Est-ce que vous pourriez juste arrêter votre délire et essayer de redevenir rationnels deux secondes ? Bon, comme vous avez un petit pois à la place du cerveau, je vais essayer d’être plus simple avec vous : si on quitte le chalet, on risque de se retrouver exactement dans la situation qui a failli me coûter la vie ce soir. Je ne serai pas une seconde fois au menu d’un grizzly ! C’est assez clair comme ça ?!

Mary ne supporte pas le ton hautain de son jumeau :

— C’était exceptionnel ce qui s’est passé tout à l’heure, lui répond-elle sèchement. Vous vous êtes retrouvés entre la mère et le petit. Il n’y a pas pire situation ! Tu sais très bien que, de jour, on risque beaucoup moins ce genre d’attaque. Si les ours nous entendent venir de loin, ils partiront d’eux-mêmes. Et de toute façon, au train où les animaux décampent de cette forêt, ce n’est pas d’eux que j’ai peur !

La dernière réplique fait mouche. Les faits évoqués parlent d’eux-mêmes et désarçonnent Paul. Mais vaille que vaille, il se cramponne à ses certitudes, préfère balayer leurs hypothèses irrationnelles. Il ne peut pas avoir tort. C’est impossible. Sa combativité de joueur d’échecs l’anime à nouveau. Il n’accepte pas de perdre, d'abandonner la partie. Pour remporter la manche, une idée lui vient. Il reprend la main, sûr de son coup :

— Si on s'en va, on part tous, on est bien d'accord ?

Lasses, les deux jeunes filles acquiescent.

— Or, la seule issue possible est de passer par la forêt…

Paul laisse bien peser sa dernière phrase en regardant le plus jeune.

— Marcus ne pourra donc pas repartir par le chemin qu'il avait pris pour venir, et il devra braver son toc…

Marcus se pétrifie sur place, frappé par ce dilemme monstrueux. Paul conclut :

— Il préférera sans doute attendre que les secours arrivent et que tout cela s'arrange, non ?

Excédées par le procédé, Lia et Mary reprochent vertement à Paul de se servir de la faiblesse de Marcus pour arriver à ses fins. Mais, pendant que gronde leur affrontement, ce dernier sent son angoisse grimper à un seuil critique. Ses nerfs ont été soumis à trop rude épreuve ces dernières vingt-quatre heures. Le surplus d'informations emballe son cerveau dans un flot ininterrompu : s'il reste ici, la Bête finira par les trouver… "FUYEZ", les a mis en garde l'esprit… Mais quel est l'esprit qui les a alertés ? Leurs parents seraient-ils morts et les auraient-ils prévenus ?! La vie après la mort… l'infini ?! L'INFINI… La notion qui terrorise Marcus au plus profond de lui-même l'a rattrapé.

La pièce tourne autour de lui, l'oxygène lui fait défaut.

— Ne te laisse pas dominer par la peur, Marcus, dit Lia qui le voit paniquer.

Marcus respire de plus en plus vite, mais que peut-il faire à cet instant où l'angoisse le submerge ? Son visage est devenu la peur elle-même.

— Ne garde pas ça en toi, Marcus, lui répète Lia. Tu te fais du mal. Expulse ta peur ! Sors ta peur, Marcus ! Crie !

Et Marcus hurle. Un hurlement interminable issu du fin fond de ses entrailles, suivi d'un silence pétrifié. Sam retire doucement ses mains protégeant ses oreilles tandis que la communication télépathique de Paul et Mary se reconnecte le temps d'une pensée : "*Holy shit !*"

On demande à Marcus s'il se sent mieux. Lia lui frotte affectueusement la tête, et Marcus se recoiffe aussitôt, signe que le petit garçon des pubs pour les céréales est à nouveau parmi eux. Sa grande sœur lui sert un verre de lait puis lui donne à manger une tartine de beurre de cacahuète. Quand il semble tout à fait requinqué, Mary demande doucement :

— Bien... Maintenant que Marcus va mieux, on doit prendre une décision. Je propose qu'on vote à main levée pour savoir si on reste ou si on part.

Tout le monde acquiesce, y compris Paul.

— Ne t'en fais pas pour ton toc, Marcus, lui glisse Mary. Je te promets que quand on sera arrivés au village et qu'on aura contacté les secours, on fera le trajet en sens inverse si tu le souhaites.

— Mais comment tu feras pour retrouver le même chemin dans les arbres ? demande naïvement Sam qui a déjà vu son ami face au problème.

La remarque ravit Paul. Il n'aurait pas pu trouver meilleur argument pour plaider sa cause. Mais s'il veut remporter la partie, il doit jouer vite maintenant, ne laisser aucun répit à ses adversaires :

— Bon, assez parlé ! Ceux qui préfèrent rester en sécurité ici en attendant les secours, levez la main, enchaîne-t-il en brandissant la sienne.

Par solidarité avec son mentor, Sam imite son geste. Marcus demeure paralysé, perdu en lui-même, en pleine cogitation pour tenter de résoudre ce dilemme impossible.

— Ceux qui veulent partir d'ici pour aller chercher des secours lèvent la main ! formule énergiquement Lia en levant son bras, suivie aussitôt par Mary.

Sam hésite à revoter car l'idée lui plaît davantage en réalité mais, par crainte de décevoir son frère, il s'abstient. Tout le monde regarde un Marcus mortifié.

— Il faut que tu te décides, lui demande gentiment sa sœur.

Chacun est suspendu à ses lèvres, et il se passerait bien d'être la pièce maîtresse qui scelle leur sort à tous.

Marcus marmonne d'abord dans sa barbe, conciliabule intérieur, puis finit par formuler distinctement :

— Je veux partir d'ici.

Échec et mat. Mary ferme les yeux, soulagée. Dépité, Paul préfère s'esquiver à l'étage.

Lia s'adresse à son petit frère :

— Je suis fière de toi !

En revanche, même s'il ne discute pas sa décision, Sam ne semble pas trop la comprendre. Marcus le voit bien, alors il lui explique :

— J'accrocherai des morceaux de moquette rouge sur les arbres pour me repérer quand je reviendrai. C'est le seul moyen que j'ai trouvé pour respecter mon toc.

— T'es un petit malin ! lui répond Sam, sans vraiment comprendre l'astuce.

Il lui frictionne affectueusement la tête au passage, dépeignant Marcus dont l'air contrarié n'échappe pas à Lia. Amusée, elle plonge nonchalamment les mains dans les larges poches de son sweat. Elle retrouve alors la boîte d'anxiolytiques qu'elle avait confisquée. Elle cherche autour d'elle un meuble assez haut pour les mettre hors de portée.

— Tu sais, pas la peine de t'embêter avec ça, dit Marcus. Ça m'a servi de leçon, comme dirait maman.

Lia accepte de lui faire confiance et pose les cachets sur la cheminée. Tout en observant la boîte, Marcus repense à un détail. Un détail qui l'interpelle désormais :

— Dis, Lia, les pilules… elles étaient à côté de la montre de papa… Elles se trouvaient sur sa table de nuit.

Sa sœur demeure silencieuse, mais l'expression sur son visage est déjà un aveu.

— C'était pour papa, n'est-ce pas ? demande-t-il.

Lia hésite :

— Oui, Marcus.

Se sentant de trop au milieu de cette discussion de famille, Mary entraîne Sam hors de la pièce afin de les laisser seuls.

Marcus réfléchit un temps.

— Pourquoi il en prend ?

Lia hausse les épaules :

— Tu sais… beaucoup de gens en prennent…

— Mais… Il a des crises d'angoisse ?… Comme moi ?

— Je sais pas exactement…

Le regard insistant de Marcus oblige sa grande sœur à continuer :

— Je l'ai juste vu une fois… il était recroquevillé dans un coin de leur chambre. Il regardait dans le vide. Il ne pouvait pas s'arrêter de trembler et sa jambe tapait contre le mur sans arrêt…

Lia baisse les yeux, attristée de se remémorer la scène. Marcus, lui, comprend alors ce qui pouvait faire vibrer la cloison de sa chambre certaines nuits : c'étaient les crises d'angoisse de son père qui, par répercussion, provoquaient ses propres peurs. Il n'avait pas rêvé et, même si la vérité est difficile à entendre, elle le rassure.

— Moi aussi, je crois que je l'ai entendu parfois… Mais de quoi peut-il avoir peur ? Il a tellement l'air solide, papa…

— C'est pas une question d'être grand ou fort. Ça peut arriver à n'importe qui, ce genre de problèmes. C'est simplement… des choses qui arrivent à des personnes plus sensibles.

Et pour la première fois depuis bien longtemps, malgré sa cruelle absence, Marcus se sent plus proche de son père que jamais. L'enfant pose une dernière question qui l'intrigue encore :

— Mais pourquoi on ne m'a pas expliqué ?

— Pour te protéger… j'imagine. Maman ne voulait pas que ça t'inquiète.

Assis sur le lit de ses parents, Paul inspecte la carabine, l'extrémité du canon est striée par trois griffures.

En bon élève, il vérifie le mécanisme de la Winchester pour voir si le coup de patte ne l'a pas détérioré. Mary apparaît dans l'encadrement de la porte, elle reste appuyée contre un montant, cherchant ses mots. Sans lever le nez vers sa sœur, froid et distant, Paul ne décolère pas :

— Vous êtes dans l'erreur. On devrait rester ici en sécurité. Vous agissez comme des imbéciles. Des imbéciles inconscients !

Puis sa voix s'altère :

— Je fais tout ça pour vous protéger, moi… C'est pour votre bien.

— Je sais… Mais je crois vraiment que partir est la meilleure solution.

Elle s'assoit à côté de lui sur le lit et poursuit :

— Sans toi on n'y arrivera pas, Paul. On a besoin de toi… J'ai besoin de toi.

Le corps de Paul s'affaisse, comme sous un poids trop lourd. Mary embrasse alors son frère sur la joue et le prend tendrement dans ses bras. Il la serre fort en retour, elle lui a tant manqué.

21

CHACUN S'ACTIVE À PRÉPARER SON SAC. Mary et Paul se sont chargés de déterminer l'itinéraire. Il a été décidé qu'il fallait aller vers le nord. Sur une vieille carte trouvée dans la voiture des Brümmer apparaît une route de l'autre côté du versant. Avec un peu de chance, ils croiseront bien une voiture. Paul a estimé la marche complète, à raison d'une allure de quatre kilomètres par heure, à huit heures de randonnée minimum. Il leur en faudra une pour descendre de la montagne, puis au moins quatre pour franchir la suivante et atteindre la route. Après, dans le pire des cas, trois heures supplémentaires le long de la chaussée jusqu'à la première bourgade.

C'est long, mais la perspective de quitter la montagne apaise déjà Marcus. Ensuite ils seront en sécurité, se persuade-t-il car, selon le livre, la Bête ne s'éloigne jamais de la terre sacrée dont elle est la gardienne. Il a rempli son sac à dos avec des dizaines de morceaux de moquette rouge qu'il a soigneusement découpés. Il pourra les clouer comme points de repère. Les clous sont dans la poche arrière de son sac où l'attrape-rêves est accroché à la fermeture éclair. Mary lui a raccommodé la toile déchirée, certaines ficelles blanches ont été remplacées par du fil à coudre violet. Une façon un peu naïve de conjurer le mauvais sort. Il y a peu de chances que le talisman ait un pouvoir quelconque sur la Bête, mais l'effet placebo marche à merveille sur Marcus et c'est tout ce qui compte.

Paul porte également un talisman en bandoulière : sa Winchester, douze balles dans le chargeur, trente de rab autour de la taille, ce qui devrait amplement suffire à faire fuir les "mauvais esprits".

Le strict nécessaire a été privilégié dans les paquetages : vivres, habits chauds et quelques outils. Tout le reste a été abandonné à l'intérieur de la bâtisse, avec l'espoir de le récupérer plus tard. Une feuille a été accrochée sur la porte d'entrée. Elle explique, schéma à l'appui, leur itinéraire, au cas où des secours arriveraient enfin au chalet. Une fois n'est pas coutume, le toc de Marcus sera bien utile pour retrouver leur trace : il suffira de suivre les morceaux de moquette rouge.

Sam, l'homme fort du groupe, porte une bonbonne de six litres d'eau. Il suit Marcus comme son ombre, il a le marteau, et c'est lui qui clouera les marques rouges de son ami tout au long du périple. Dans sa besace, Lia emmène une petite hache, des allumettes et un peu d'essence au cas où ils seraient obligés de faire un feu. Mary s'occupe de la carte et de la boussole. Ça a toujours été son truc, les courses d'orientation; ils ne pouvaient rêver meilleur guide que la championne du district des deux dernières années.

On peut dire qu'ils se sont tous bien préparés, leurs parents seraient fiers d'eux s'ils étaient là pour les voir.

Dehors, les premiers rayons du soleil éclairent enfin la vallée, et avec l'aube naît l'espoir d'une nouvelle journée loin d'ici. Pourtant, en quittant le chalet, un étrange frisson parcourt chacun d'entre eux. Ce courant d'air glacé qui les frôle, Lia ne le connaît que trop bien. Elle a côtoyé sa "vieille amie la mort" trop de fois pour ne pas reconnaître son souffle quand elle est dans les parages. Elle se rappelle la prophétie de Marcus lors de sa crise de somnambulisme. Et spontanément, avant de s'engager dans la forêt, elle a peur pour son frère. Elle a la certitude qu'un événement grave et irrémédiable va se produire.

Dans les bois, le silence est assourdissant. Leurs conversations paraissent inappropriées et finissent par mourir d'elles-mêmes. Le bruit de leurs mouvements est repérable à des kilomètres et ils se sentent épiés. Les coups de marteau de Sam, clouant les repères pour leur hypothétique retour, donnent un caractère funeste à leur procession. Ils n'ont pas fait cinq cents mètres qu'ils ont déjà la gorge sèche, le plexus noué. Aucun signe de vie, pas la trace du moindre insecte. Seule la végétation est restée, prisonnière de ses racines. Et même celle-ci donne des signes inquiétants. Ils arrivent devant un curieux *no man's land* : une bande de broussailles totalement cramoisies d'au moins dix mètres de large s'étendant à perte de vue. Les arbres sur cette portion n'ont plus de feuilles et étendent piteusement leurs branches pareilles à des squelettes encore debout. On franchit cette étrange nature morte sans un mot, avec des échanges de regards déconcertés.

Mary marche en tête. Subitement, elle se fige, le visage blême. Une coulée de sang barre la route, si dense que l'humus n'a pas pu l'absorber. Paul et Lia constatent à leur tour la traînée rouge sur le sol. Elle vient de plus haut et se perd dans des broussailles. Sam demande ce qu'il se passe, Marcus lui fait signe de se taire.

Paul s'avance prudemment vers les buissons. Mary le suit de près, tandis que Lia demeure en retrait, aux côtés de son petit frère et de Sam. Quand Paul passe la tête au-dessus des broussailles, il voit tout d'abord une mare de sang, puis un corps étendu. C'est celui d'un animal, un cerf adulte couché sur le flanc, mort. Paul s'en approche et s'accroupit au niveau de sa tête. Il repère une plaie circulaire très nette à la gorge, un soleil rouge qui a fini de saigner. Paul comprend, presque soulagé :

— Les yeux verts… c'étaient des cerfs…

— C'est le monstre qui a fait ça ? demande naïvement Sam, resté en arrière.

— Non, il a été tué d'une balle, répond Paul.

Il se tourne vers Mary, désolé :

— Je crois que c'est moi… quand le coup est parti hier. Puis s'adressant à son frère, en désignant les bois du cerf : Sam, les branches que tu as vues se refermer sur toi hier, c'étaient des branches comme celles-ci ?

Confus, Sam ne sait pas quoi répondre :

— C'était plus grand… je crois…

Mais Paul s'est déjà fait à son idée : ce que son frère n'a pas bien vu dans le noir n'était en réalité que des élans ou des cerfs, c'est sûr.

Mary vient s'agenouiller devant l'animal. Elle n'en avait jamais vu en chair et en os avant ce jour. Elle enlève un brin d'herbe accroché à l'un de ses bois. Puis elle caresse son pelage brun-roux d'un geste tendre et triste.

Paul n'ose piper mot. Dans d'autres circonstances, il aurait rêvé d'un tel "carton" mais là, il se sent bizarre devant cette dépouille. Lui qui se vantait toujours de ses talents de tireur, qui tannait son père pour aller à la chasse, n'éprouve aucune fierté d'avoir tué ce cerf. Il ne sait pas davantage exprimer son tumulte intérieur. C'est Mary qui murmure un "pardon" à sa place.

Paul se relève d'un coup et fait quelques pas en arrière pour signifier à sa jumelle qu'il faut continuer.

Les enfants reprennent leur route, sans réussir à rompre le silence qui les accompagne comme un deuil. Lorsque le chemin se partage en deux, Mary se fie à sa boussole et ils continuent vers le nord. Sam prend soin de marquer l'intersection avec un autre morceau de moquette. Le tronc est dur et il doit frapper plusieurs fois pour réussir à enfoncer le clou. Ses coups résonnent fortement et Marcus hésite à lui demander d'arrêter pour ne pas attirer l'attention. Soudain, un autre martèlement régulier lui répond, l'écho d'une vie animale, enfin. Sam écoute le son rassurant du pic bois avec un grand sourire. Il redonne quelques coups contre l'arbre, tentant d'établir une communication télégraphique avec l'oiseau. Ce dernier répond à nouveau et le garçon éclate de son grand rire ingénu et communicatif. Ce qui fait pouffer à leur tour son frère et sa sœur. Cela détend un peu l'atmosphère.

Cependant, la récréation est de courte durée, des effluves nauséabonds viennent piquer leurs narines. Marcus n'a pas besoin de parcourir le livre pour se rappeler la description de l'haleine fétide de la Bête. Au loin sur leur route, un étrange brouillard apparaît. À mesure qu'ils avancent, il est de plus en plus dense, presque impénétrable.

— C'est un feu ? demande Sam.

— Je crois pas, ça ne sent pas le brûlé, répond Lia, sceptique.

— Ça sent juste très mauvais, concède Mary. Vous pensez que c'est juste du brouillard ?

— Le brouillard ne pique pas les yeux, fait remarquer Marcus.

L'odeur acide devient suffocante. Cela semble venir de plus bas, mais il est difficile de s'en rendre vraiment compte. Les aînés ne savent plus s'il faut poursuivre leur descente ou rebrousser chemin. Déstabilisés, ils s'interrogent du regard, observent craintivement autour d'eux. Marcus craint à tout moment de voir surgir la Bête ; c'est sûr, elle attend son heure, tapie quelque part.

— Et si on retournait en arrière et qu'on faisait un crochet par l'est pour sortir de ce truc ? propose Lia.

Mary examine sa carte avec fébrilité.

— Si je me fie au plan, on pourrait peut-être.

Un grondement titanesque retentit dans toute la montagne. Puis, aussitôt, une série de secousses pareilles à des pas de géant fait trembler le sol.

— La Bête ! laisse échapper Marcus.

— Il faut qu'on sorte de là au plus vite ! s'exclame Paul.

Mary inspecte sa boussole pour mettre le cap plein sud. Les enfants commencent à rebrousser chemin à la hâte. Il faut se mettre à l'abri, retourner au chalet coûte que coûte ! Des bruits monstrueux résonnent derrière eux, sans qu'ils puissent discerner quoi que ce soit à travers le brouillard.

Dans un virage, à travers la brume, à moins d'un kilomètre en contrebas sur le flanc de la montagne, ils voient l'impensable : des rangées d'arbres bousculées par une force gigantesque. Les résineux s'effondrent de toute leur hauteur, balayés comme de vulgaires allumettes.

— Nom de Dieu… fait Paul, mais c'est de l'enfer que semble tout droit sorti ce monstre.

La Bête dévore la forêt sans qu'aucun de ses piliers séculaires ne puisse freiner sa course folle.

Paul considère sa carabine une seconde, elle apparaît bien dérisoire face à ce qui arrive. Il se retourne vers les autres et là, sans se concerter, ils se mettent tous à courir.

Sam est ralenti par la grosse bonbonne. Paul lui crie de la jeter en le dépassant, suivi par Mary et Lia. Marcus est de loin le moins rapide car il prend garde de suivre les marques rouges sur les arbres. Dans la panique, sa sœur l'a oublié l'espace de quelques secondes. Paul, juste devant elle, jette un coup d'œil en arrière. Il ralentit aussitôt :

— Marcus ! Dépêche-toi !

Lia se retourne à son tour et découvre alors Marcus trente mètres plus bas, tétanisé, perdu à la lisière de la brume. Sam redescend vers lui, tandis que la forêt continue à être engloutie. À cet instant, Lia peut sentir les sinistres battements d'ailes de sa "vieille amie" qui s'approche inexorablement. Son petit frère n'a jamais été aussi vulnérable. Mary s'arrête aussi de courir et regarde, impuissante, la scène se jouer.

— Les marques ? J'ai perdu les marques... répète Marcus, affolé.

Lia se précipite dans sa direction tandis que Sam le rejoint déjà. Il grimpe sur un arbre couché qui surplombe Marcus et lui tend la main.

— Viens ! C'est facile, dit-il de sa grosse voix.

C'est désarmant de voir Marcus paralysé par son toc malgré le danger bien réel, mais son mal est plus fort.

Le monstre surgit à cent mètres à peine, des arbres sont renversés dans des craquements sinistres. Transperçant le brouillard comme une locomotive roulant à tombeau ouvert, la Bête fonce droit sur lui. Sam se jette instinctivement derrière le tronc qui les sépare. Marcus voit la forêt se déchirer en deux et il sait que c'est trop tard. Dans un ultime réflexe de protection parfaitement vain, il tourne le dos au déchaînement qui s'abat sur lui.

— Marcus ! hurle Lia quand elle voit les derniers arbres s'écrouler dans un vacarme étourdissant.

Son cri se meurt dans le silence. La Bête a disparu, envolée. Un nuage de poussière se disperse peu à peu et Marcus apparaît, encore debout, intact. Les cimes l'ont frôlé sans l'atteindre. Derrière lui, une grande plaie ouverte de quinze mètres de large balafre la forêt.

Mary reprend sa respiration en levant la tête vers le ciel, comme si elle le remerciait d'avoir épargné Marcus. Sam sort de sa cachette, tandis que Lia demeure pétrifiée, aussi fragile qu'une statue de sable. Paul scrute les alentours, ne réussissant pas à calmer le tremblement de ses mains qui secouent la carabine.

— Elle est partie ? demande Sam.

Personne n'a le temps de lui répondre que la Bête réapparaît comme le diable en personne juste au-dessus de Mary. À quelques mètres seulement, Paul voit le chaos s'abattre sur sa sœur sans qu'il puisse faire quoi que ce soit. Elle disparaît sous ses yeux, emportée dans un déluge d'arbres et de terre, tandis qu'une grosse branche dévalant la pente le percute violemment. Il chute, son arme dégringole dans les débris. La Bête disparaît de nouveau, laissant derrière elle la désolation et l'effroi.

Sam est le premier à réagir. Il accourt vers Paul étendu au sol tandis que Lia va chercher Mary dans les décombres. Avec l'aide de son frère, Paul se relève difficilement. Son avant-bras est cassé. Hagard, il regarde de tous côtés, cherchant sa sœur. De son seul bras valide, il escalade les troncs qui barrent son chemin, dégage les branches acérées qui gênent sa progression. Sam fait de même. Seul Marcus reste en retrait, redoutant leur découverte.

— Ici ! crie Lia, d'une voix désespérée.

Le corps de Mary gît inanimé, ses jambes emmêlées dans les branchages, son buste et sa tête ensevelis. Paul arrive presque aussitôt et aide Lia à la dégager. On essuie la terre de son visage. Elle respire faiblement, mais elle respire encore.

La Bête se remet à gronder au loin. Il faut s'enfuir, vite. Sam soulève sa sœur et l'extrait des décombres. Ils se dépêchent de remonter vers le chemin. Tel un Petit Poucet affolé, Marcus les guide en suivant ses marques. Lia et Paul escortent Sam et tentent de maintenir Mary éveillée.

— Ne t'endors pas, bafouille Lia. Reste avec nous…

— On est presque arrivés, répète sans cesse Paul.

Mary esquisse un sourire, presque imperceptible, une façon de les rassurer, de leur dire que tout va bien. Cependant, elle peine à garder les yeux ouverts et son visage pâlit à vue d'œil. Une auréole pourpre se propage sur tout son ventre, pareille à un incendie. Paul compresse la plaie du mieux qu'il peut pour contenir l'hémorragie.

Le ronronnement familier du groupe électrogène se fait entendre. Ils sont tout proches. Le cabanon à l'orée du bois apparaît et, derrière, leur refuge.

22

PAUL OUVRE LA PORTE D'ENTRÉE À LA HÂTE. Épuisé par l'effort, Sam dépose sa sœur dans la première chambre au rez-de-chaussée, celle de Lia et Marcus.

Mary ne respire plus, son cœur s'est arrêté de battre. Paul ne veut pas croire qu'il est déjà trop tard. Il met en œuvre le protocole de sauvetage qu'il a répété dans ses cours de secourisme. Dans les films, combien de fois a-t-il vu le héros sauver une jeune femme de la sorte ? Son bras en bandoulière, il guide Lia pour le massage cardiaque. Elle exécute des compressions thoraciques sur Mary. Toutes les trente compressions, Paul fait du bouche-à-bouche à sa sœur, exactement comme il l'a appris. Agenouillés à leurs côtés, Marcus et Sam sanglotent, comme s'ils avaient déjà compris.

La manipulation dure plusieurs minutes mais ni le massage ni l'air que Paul lui insuffle éperdument dans les poumons ne la ramènent à la vie.

Lia abandonne et se met à pleurer en silence, sa "vieille amie la mort" vient de lui arracher sa belle et tendre Mary. Paul s'acharne avec l'énergie du désespoir. Puis, à bout de forces, le garçon finit par renoncer.

Assommé, il est le seul à garder les yeux secs. Le coup porté est si violent qu'il a soufflé toute émotion.

La vie a quitté le doux visage de Mary et c'est comme si ce n'était plus vraiment elle.

Paul sort de son mutisme :

— Vérifiez que toutes les issues sont bien fermées, dit-il d'une voix étouffée.

Les autres obtempèrent sans discuter. Sam monte à l'étage inspecter les fenêtres, tandis que Marcus et Lia s'occupent des ouvertures du bas. On préfère rester dans la pénombre, éclairée par la lumière du dehors qui suinte à travers les volets. On allume simplement les appliques de l'entrée, sans se laisser duper par le calme qui règne à nouveau.

Quand ils reviennent de leur ronde, la porte de la chambre est close. Sam tente de l'ouvrir mais elle est fermée à clef. Il appelle doucement son frère de sa grosse voix incertaine, mais aucun son ne filtre à travers la porte. Lia lui fait signe de ne pas insister, Paul a besoin d'être seul.

Les trois rescapés demeurent muets, assis dans le salon. Dans le silence pesant, l'atmosphère de la pièce devient morbide. Chacun ressasse les derniers événements et, empli de culpabilité, se voit sous son pire jour.

Sam observe avec dégoût sa "tête de lune", ce chromosome en plus qui a fait de lui un fardeau pour ses cadets, constamment obligés de l'assister pour paraître "normal" aux yeux des autres, de le défendre des moqueries et des bassesses. Paul et Mary auraient sans doute eu une enfance plus heureuse sans ce “grand-petit frère”. Et Sam se persuade que c’est lui qui aurait dû mourir.

Lia n’est pas plus clémente avec elle-même. Ses rebellions perpétuelles contre toute forme d’autorité lui paraissent désormais bien pathétiques. Elle se sent coupable vis-à-vis de son petit frère, qu’elle n’a jamais épargné ni protégé. Anika lui reprochait sans cesse d’être toxique pour les autres. Elle n’avait pas tort en définitive. Son intolérance aura conduit au désastre. Si elle avait écouté Paul, Mary serait encore en vie.

Marcus ne peut s’empêcher de vérifier sa petite coupe impeccable. Ce toc lui rappelle tous les autres. Tout à l’heure, malgré l’agonie de Mary, il a continué à prendre soin de passer à gauche des marques rouges sur le chemin du retour. Paul l’a sans doute remarqué, et Marcus en a encore plus honte. Ces rituels absurdes qu’il fait subir à tout le monde, il les trouve plus méprisables que jamais maintenant que Mary est morte. Mais voilà que son cerveau malade recommence à turbiner, avec son lot d’interrogations illimitées : pourquoi la Bête l’a-t-elle épargné ? Quand il s’est retourné, l’attrape-rêves accroché dans son dos l’a-t-il repoussée ? Il secoue sa tête frénétiquement pour se débarrasser de ces questions. Arrêter de penser, de toute façon, ces rituels sont bien vains s’ils ne peuvent protéger ceux qu’il aime.

Lia ne supporte plus d’attendre. Elle monte discrètement à l’étage pour regarder par la fente du parquet si Paul va bien. Elle l’aperçoit dans la pénombre, agenouillé devant le corps de sa sœur. Mary est étendue sur le lit où elles s'étaient embrassées. À cette distance, elle paraît dormir paisiblement et c'en est presque réconfortant.

Paul sanglote contre le ventre de sa jumelle sans pouvoir s'arrêter. Leurs parents leur prédisaient un avenir radieux, un chemin pavé de succès. "Avec vos talents et votre intelligence vous irez au sommet !" leur disait toujours Nancy. Mais tout cela n'était qu'un cruel mensonge car, en réalité, le monde n'est régi par aucune logique. Alors, à quoi bon ?

Un sifflement strident tire Marcus et Sam de leurs sombres pensées. Il provient de la cuisine. Ils se lèvent pour voir ce qu'il se passe. L'eau coule à forte pression dans l'évier.

Alertée par un bruit similaire, Lia descend dans la salle de bain. Elle s'avance vers le robinet. Le liquide bouillonne dans le lavabo en dégageant la même odeur pestilentielle que dans la forêt. Elle tente de fermer le robinet mais se brûle tant les conduits sont chauffés à blanc.

Dans la cuisine, Sam est en train d'approcher sa main du liquide qui se déverse dans l'évier et crie :

— L'eau est revenue !

Lia se précipite dans la pièce et lui attrape le bras.

— C'est de l'acide sulfurique !

Marcus et Sam se reculent doucement de cette fontaine des enfers, tandis que Lia prend un torchon et ferme précautionneusement le robinet.

— Comment tu l'as su ? demande Marcus.

— L'odeur, comme ce matin dans l'étrange fumée… Je n'arrivais pas à me souvenir à quoi ça me faisait penser. Et puis ça m'est revenu, cette odeur d'œuf pourri :

ça sent le soufre. En chimie, on a étudié la composition de l'acide sulfurique, c'est composé à quatre-vingt-dix pour cent de soufre.

Des coups secs les interrompent, suivis par des craquements comme si on tordait la charpente. Les coups continuent sous leurs pieds, quelque chose bouscule la maison depuis le sous-sol. Les appliques de l'entrée grésillent.

— Tu crois que c'est la Bête ? demande Sam.

— Je pense pas que ce soit un monstre, répond Lia. J'ai senti le sol bouger, j'ai vu les arbres tomber, mais il n'y avait aucun monstre…

— Alors qu'est-ce que c'est ? dit Marcus.

— Je ne sais pas, soupire-t-elle. On dirait que c'est la terre elle-même qui se venge…

L'image frappe l'esprit de Marcus. Elle lui en rappelle une autre, celle de la couverture de *Ses griffes et ses crocs*, qu'il sort de sa poche. Il scrute l'illustration et une évidence lui saute maintenant aux yeux : cet Indien qui annonce un danger, c'est la montagne qu'il désigne… Marcus parcourt alors fiévreusement l'épilogue de l'ouvrage, comme s'il cherchait une confirmation. Il n'a pas eu le temps de le lire jusqu'à la fin. S'il y a une explication, elle se trouve dans les dernières pages. Il prononce alors d'une voix étouffée, l'ultime phrase du livre :

— "… La Montagne Noire redevint silencieuse et se rendormit pour l'éternité."

Lia et Sam le voient se précipiter vers les escaliers qu'il gravit à toute vitesse. Sa sœur l'appelle, incrédule, pensant à une crise d'angoisse :

— Marcus, calme-toi… Ne panique pas !

Mais au contraire, il est plus lucide que jamais. Elle le suit à l'étage et le retrouve dans la chambre de leurs parents. Il s'est glissé sous le lit pour sortir tous les livres enfouis, tous ces fameux livres interdits.

— Qu'est-ce que tu fais, Marcus ?

— Lia, la légende des Indiens est vraie... Nos parents nous ont menti !

Il cherche sur les couvertures des livres défendus d'autres indices pouvant étayer son propos.

— De quoi tu parles ? Mais pourquoi auraient-ils fait ça, Marcus ?

— Pour me protéger... Comme pour les crises d'angoisse de papa... Maman ne voulait pas que je sache... La montagne n'est pas une montagne, la montagne est la Bête !

— Je ne comprends rien à ce que tu dis.

Sam interroge Lia du regard. Il n'ose rien dire, mais il commence sérieusement à s'inquiéter pour la santé mentale de Marcus.

— La Montagne Noire est un volcan ! Un volcan sur le point d'entrer en éruption ! affirme Marcus, en brandissant un livre de géologie avec un volcan en couverture, agitant dans sa main d'enfant la vérité dissimulée par les adultes.

Lia en reste bouche bée.

— Mais un volcan a un cratère, dit Sam, incrédule.

Marcus tourne les pages à toute vitesse et s'arrête sur une photo d'un volcan avec un pic :

— C'est un volcan gris, un volcan à dôme !

— La légende était une métaphore du volcan. La Bête est le volcan, explicite Lia tout haut.

Et tout s'éclaire enfin : la brume nauséabonde provenait de fumerolles de soufre, les pas de géant étaient des secousses sismiques. Le pont a été emporté par un glissement de terrain, tout comme Mary ! Hercule et les autres animaux avaient fui car ils avaient pressenti les signes avant-coureurs d'une éruption volcanique.

Marcus se met à lire à voix haute l'article sur les volcans gris :

— "Les volcans à dôme sont de type explosif, leurs éruptions sont des nuées ardentes, mélange de gaz, de cendres et de blocs qui brûlent et détruisent tout sur leur passage à plus de deux cents kilomètres à l'heure… Le Vésuve qui a détruit Pompéi était un volcan gris, la montagne Pelée aussi, son éruption a fait trente mille morts…"

Les émotions se télescopent. Le soulagement de comprendre enfin tous ces phénomènes étranges est balayé par la crainte d'un cataclysme imminent et bien réel.

Une nouvelle secousse survient et les fait vaciller. De la poussière tombe des poutres tandis que la charpente accuse d'inquiétants craquements. Leur refuge pourrait bien se transformer en tombeau.

— La maison ne tiendra pas longtemps. Il faut sortir de là ! crie Lia.

Malgré le tumulte qui s'empare de la maison, Paul demeure stoïque, agenouillé auprès de sa sœur. Aucune raison supérieure ne pourrait le décider à abandonner sa jumelle à cet instant. Il a pris une décision irrévocable, celle de l'accompagner jusqu'au bout.

Les trois enfants dévalent les escaliers. Lia frappe frénétiquement à la porte close :

— Paul ! Marcus vient de comprendre ce qui se passe ici : on est sur un volcan en train de se réveiller… C'est un volcan qui a tué Mary, et qui risque de nous tuer tous !

Paul relève la tête :

— Vous dites n'importe quoi ! Si nous étions sur un volcan, mes parents nous l'auraient dit !

— Ils nous l'ont caché pour ne pas nous inquiéter, Paul…

— Ils l'ont fait à cause de moi ! avoue Marcus, affligé. Et ils vous l'ont caché aussi, pour ne pas risquer que je l'apprenne.

Paul ne répond plus. Cette trahison des adultes embrouille tout dans sa tête, la raison n'arrive plus à s'y frayer un chemin. Sam s'adresse à lui, la voix étranglée :

— Paul, viens ! Il faut vite sortir de la maison ! S'il te plaît… Sors !

Paul, à bout de nerfs, laisse couler des larmes le long de ses joues. Il se lève en se tenant la tête, piétine sans savoir quoi faire, littéralement déchiré entre Mary et Sam. Il ne peut pas abandonner son frère.

Marcus entend un choc électrique dehors, les appliques de l'entrée crépitent et s'éteignent définitivement. Il se précipite à la porte de la cuisine pour voir ce qui se passe à l'extérieur. Il actionne la clef anglaise et, contre toute attente, déverrouille la serrure du premier coup. En sortant, il découvre qu'une énorme faille s'est formée sous la maison. Elle s'étend jusqu'au cabanon du groupe électrogène dont s'échappe de la fumée.

La crevasse s'écarte encore, disloquant la cahute et faisant disparaître l'installation électrique dans un effroyable crissement.

À l'intérieur, les poutres du chalet craquent de toutes parts. La cheminée en pierre se fissure. La boîte de gélules tombe, répandant les médicaments partout sur le sol.

Lia, désemparée :

— Paul, il faut que tu sortes maintenant ! Mary aurait voulu que tu vives !

Paul s'agenouille devant sa sœur en sanglotant. Il l'embrasse tendrement sur le front en lui demandant pardon, puis va jusqu'à la porte. Sam et Lia entendent le cliquetis dans la serrure. Mais leur soulagement ne dure pas. Quand Paul veut sortir, la porte ne s'ouvre plus. Il tire fermement sur la poignée, mais sans résultat.

— C'est pas vrai ! soupire Lia, mortifiée.

Dehors, Marcus voit la bâtisse tout entière s'affaisser et se tordre littéralement sur elle-même.

— Il faut que vous sortiez tout de suite ! hurle-t-il.

Lia se recule pour tenter de comprendre ce qui bloque l'ouverture et constate alors que le chambranle est totalement écrasé par les poutres.

— Passe par la fenêtre, vite ! crie Lia.

Paul s'y précipite mais il ne peut pas l'ouvrir.

— Elle est bloquée aussi !

Brutalement, dans des claquements secs, les lames du plancher sautent une à une. Et bientôt un trou béant s'ouvre au milieu de la chambre, précipitant l'armoire et menaçant le lit sur lequel repose Mary. Paul se tient collé à la fenêtre, impuissant devant l'abîme qui l'empêche maintenant d'accéder à la porte.

— Vous ne pouvez plus rien pour moi. Partez ! Sauvez-vous !

— NON ! hurle Sam en martelant la porte à coups de poing.

Depuis l'extérieur, Marcus voit la crevasse s'élargir davantage, une gueule monstrueuse en train de dévorer la maison. Il se précipite dans le couloir pour les prévenir, mais sa route est barrée : les bandes de moquette sont sens dessus dessous, le parquet relevé par endroits, et des rainures béantes s'échappent des fumerolles de soufre. Face à un tel chaos, il voudrait rebrousser chemin, chercher un autre passage. Pourtant Marcus décide d'affronter son mal, de le vaincre une fois pour toutes. Il respire un grand coup et se lance. Il piétine les lignes, court contre son toc, repousse ses peurs de toutes ses forces.

Lia sent une main empoigner la sienne, c'est Marcus.

— C'est trop tard. Il faut sortir tout de suite ! supplie-t-il.

En effet, les poutres commencent à céder de toutes parts, la charpente de la maison se fracture peu à peu sous la torsion. Lia fuit dehors avec son petit frère, mais Sam refuse de les suivre. Il veut à tout prix libérer Paul. Alors, il se recule de quelques mètres dans le salon et fonce contre l'épaisse porte en bois massif. Il la percute de tout son poids. Elle résiste.

Dans la chambre, le gouffre s'agrandit encore et Paul ne peut retenir le lit. Le corps de Mary bascule dans les ténèbres.

— Laisse-moi, Sam. Sauve-toi ! ordonne Paul.

Mais Sam ne l'écoute pas. À cet instant, il ne veut plus recevoir d'ordres de personne. Il emboutit à nouveau la porte dans un craquement sec. Le bois s'est fissuré d'un mètre en son milieu. Il se relève, épuisé, et reprend son élan. Tandis qu'il rassemble ses dernières forces, il se rappelle pourquoi il a passé toutes ces années à se muscler, son obsession à devenir plus robuste : s'il l'a fait, c'était pour devenir un jour le grand frère que méritaient Paul et Mary. Alors, de toute sa détermination d'aîné, Sam se jette à nouveau contre la porte. Il la percute comme un boulet de canon et la fait voler en éclats.

Dans la chambre, il découvre Paul de l'autre côté d'un vaste trou à la profondeur insondable. Adossé au mur, à côté de la fenêtre, celui-ci essaie désespérément de tenir en équilibre sur quelques planches prêtes à céder. Mais contre toute attente, c'est la poutre maîtresse de la charpente du salon qui rompt en premier, précipitant le toit dans la pièce à vivre. Instinctivement, Sam bondit au-dessus du fossé qui le sépare de son frère pour échapper au déluge de gravats. Paul l'attrape de justesse de son bras valide et l'attire contre la cloison. Ils sont désormais piégés tous les deux. Côte à côte, les frères s'accrochent tant bien que mal à leur fragile esquif au bord de l'abîme. Ils échangent un dernier regard, convaincus de devoir partager la triste fin de leur sœur.

Soudain, dans un fracas, la lumière du soleil illumine la chambre. C'est Lia et Marcus qui défoncent les volets de la fenêtre depuis l'extérieur. Lia brise les vitres à l'aide d'une pioche et fait tomber les derniers morceaux de verre. Sam est le plus près, il se dépêche de passer par l'ouverture. Quand Paul tente de sortir, les dernières planches cassent brusquement sous ses pieds et il tombe.

— PAUL ! hurle Sam en se penchant à la fenêtre.

Mais pour une fois le sort joue en leur faveur : deux mètres plus bas, Paul pend au-dessus du gouffre, son t-shirt miraculeusement accroché à une poutrelle du plancher qui dépasse. Son vêtement commence déjà à se déchirer et il n'y a pas un instant à perdre. Dehors, Marcus s'empare d'un vieux tuyau d'arrosage qui traîne le long de la maison. Tandis que Lia l'attache à un arbre, il lance l'autre extrémité à Paul qui l'attrape de son seul bras valide, l'enroule autour de la taille comme il peut et parvient à faire un nœud. Juste à temps, car son t-shirt craque. Paul se balance désormais au bout de cette corde de fortune. Les autres commencent à le hisser en tirant de toutes leurs forces et le garçon remonte peu à peu. Marcus aperçoit les rondins du premier étage se déboîter, tout risque de s'effondrer d'une seconde à l'autre. La fenêtre elle-même est sur le point de céder.

— Vite ! hurle-t-il.

Sam tourne le dos au chalet et fait passer le tuyau au-dessus de son épaule. Penché en avant, il avance de toute sa puissance, et réussit à soulever son frère d'un bon mètre en quelques secondes. La main de Paul agrippe le rebord de la fenêtre. Lia se penche pour l'attraper par ses habits. Marcus remarque alors l'encadrement qui commence à s'affaisser, menaçant Lia et Paul comme une guillotine.

— La fenêtre va lâcher !

Sam vient à la rescousse. Il attrape son frère par les épaules et, d'un geste herculéen, le tire d'un coup hors du chalet. Le couperet s'abat juste derrière eux. L'étage tout entier s'effondre dans un grincement infernal, tandis que les rescapés s'en éloignent le plus vite possible.

Puis les secousses cessent, la faille béante se fige, la gueule monstrueuse de la Bête semble à nouveau repue. Le calme revient, ce même silence ironique. Seuls quelques pans du chalet sont encore debout. Mais le refuge à proprement parler n'est plus qu'un souvenir.

Les survivants restent couchés sur le sol. Étendus sur le dos, ils reprennent tout doucement leur souffle. Des myriades d'ombres virevoltent au-dessus d'eux. Des centaines de chauves-souris fuient le sommet de la Montagne Noire. Elles ne sont pas les seules : plus bas dans la vallée, des milliers oiseaux s'envolent de toutes parts. Une migration massive et désordonnée qui annonce sans aucun doute une éruption imminente.

— Il faut fuir avec les deltaplanes ! dit Lia. On n'aura jamais le temps de traverser la forêt !

Marcus et Sam ne savent pas quoi en penser, de toute façon, ils ne s'imaginent plus passer par les bois.

Paul réfléchit à haute voix :

— Il n'y a pas de vent, les conditions météo ont l'air bonnes, mais… Vous ne savez pas piloter, et moi je ne pourrai pas le faire avec un seul bras… Non, c'est de la folie ! On va se crasher !

Une explosion retentit, suivie d'un rugissement. Les enfants voient alors un immense panache de fumée s'échapper du sommet de la Montagne Noire.

— Avec ce qui se passe on va être repérés maintenant, on devrait bientôt être secourus ! dit Paul sans certitude.

— On ne peut pas prendre le risque d'attendre. Si une nuée ardente se déclenche, ce sera trop tard ! insiste Lia. C'est notre seule chance de nous en tirer.

— C'est si compliqué de décoller ? demande Marcus.

Paul se torture les méninges, angoissé.

— Je connais juste la théorie, je ne l'ai jamais vraiment fait tout seul… J'étais toujours avec papa.

— Tu peux nous expliquer, je suis sûr, c'est facile ! affirme Sam, avec une insouciance désarmante.

— Une aile pèse trente-cinq kilos… Toi, Sam, tu pourrais la soulever et courir avec, mais je suis pas certain que Lia pourra aller assez vite pour la faire décoller…

Tandis que chacun réfléchit à une solution, Marcus remarque le wagonnet et les rails empilés à côté de la remise.

— Et si on se servait du chariot pour aller plus vite, avec les rails comme rampe de lancement ?

L'idée ne paraît pas mauvaise, au vu des échanges de regards au sein du groupe. Lia sourit à son frère en acquiesçant.

— De toute façon, on n'a pas de meilleure solution, admet Paul.

— T'es un petit malin ! dit Sam en frottant affectueusement la tête de son ami.

23

PENDANT QUE SAM ET MARCUS SE DÉPÊCHENT d'installer les rails dans le sens de la pente, Lia et Paul montent les deltaplanes à la hâte. Il l'a fait si souvent avec son père que cette partie est un jeu d'enfant. Malgré le danger imminent, une étonnante sérénité les accompagne tout au long de leur préparation. Par moments, soufflée par une brise légère, on croirait entendre la musique préférée de Mary, *The Sound of Silence*, qui scande cette entreprise de la dernière chance.

Ils sont concentrés sur le moment présent. Ils ne pensent pas au futur, à l'échec possible, la chute. Seul compte le fait d'agir, seules importent la tentative, l'obligation d'essayer, simplement essayer de s'envoler.

Les rails descendent sur vingt mètres et s'arrêtent juste au bord du précipice. Marcus regarde le vide vertigineux d'au moins trois cents mètres qui surplombe la vallée. L'idée de devoir se jeter de si haut tout à l'heure lui glace le sang. Les vieilles habitudes sont tenaces, l'appréhension le rattrape. Il secoue la tête pour la dégager de ces idées sombres.

— Il ne faut pas regarder en bas, conseille Sam.

— Trop tard ! répond Marcus avec dérision.

Le wagonnet a été installé à l'autre extrémité des rails, en haut de la pente, les roues bloquées par des pierres. Lia et Paul disposent dessus le deltaplane jaune. Ils font reposer sa barre de contrôle sur les rebords du chariot. Ils sont fin prêts. Lia observe leur rampe de fortune.

— Tu crois que ce sera suffisant comme distance pour s'envoler ? demande-t-elle.

— Tu vas y arriver ! lui répond Paul. Tu réussiras !

Les quatre survivants enfilent leur harnais. Paul vérifie bien les attaches de chacun et donne à Lia ses dernières consignes :

— Surtout, ne cherche pas trop à diriger l'aile, elle est naturellement bien équilibrée. Une fois dans le vide, contente-toi de tirer sur la barre de contrôle pour prendre de la vitesse. Attends que le deltaplane se redresse et, seulement quand l'aile s'est stabilisée, tu peux pousser sur la barre si tu veux prendre de la hauteur. Laissez-vous porter au plus loin que vous pouvez. Dans le pire des cas, si vous décrochez, jette le parachute de secours.

Il leur montre le parachute en question, pas plus grand qu'un coussinet dont la sangle fait plusieurs mètres. Il fait le geste de le jeter énergiquement, puis le range dans le harnais de Lia.

— Il faut l'envoyer le plus loin possible pour qu'il se déploie comme il faut. Il est accroché à l'aile et il vous permettra de descendre avec.

On installe Lia et Marcus dans leur chariot côte à côte. Paul vérifie à nouveau que leurs mousquetons sont bien fermés, les sangles de leur harnais solidement fixées au deltaplane. Tout est prêt, il faut se lancer maintenant. Chacun se regarde en se demandant si ça va marcher, si on va se revoir après, ou si c'est la dernière fois. Sam s'apprête à ôter la première des pierres qui retiennent les roues du chariot, mais Lia lui demande d'attendre.

Elle s'adresse alors à Marcus, en tentant de retenir son émotion :

— Je voulais juste te dire avant de… je ne veux plus te mentir. Je ne sais pas si les parents sont encore en vie. Je pense qu'ils sont morts, car ils ne nous auraient jamais abandonnés comme ça. (Elle écrase une larme sur sa joue et se reprend.) Je veux te demander pardon d'avoir été une grande sœur aussi exécrable toutes ces années. Et te dire que malgré toutes les saloperies que j'ai pu raconter… te faire… que tout ça, ça n'avait rien à voir avec toi. C'était mon problème à moi. Tu comprends ? Tes toc et tes petits problèmes, c'est rien tout ça. Tu es intelligent, inventif… toujours peigné impeccablement… et tu mérites la plus belle des vies !

Marcus est aussi ému que sa sœur, il voudrait lui répondre mais la Bête l'en empêche. Elle gronde, sa colère est sur le point de se déchaîner à nouveau.

— Allez, c'est maintenant ou jamais ! crie Paul.

Sam se dépêche d'enlever les pierres bloquant les roues du wagonnet et le pousse sur quelques mètres pour accélérer sa descente. Tandis qu'ils s'éloignent de plus en plus vite, Marcus se retourne pour faire signe à son ami. Sam lui répond en souriant d'un salut militaire digne de *Captain America* et se presse de rejoindre

Paul au deltaplane rouge. Lia et Marcus regardent droit devant eux, les rails défilent à toute allure vers la falaise. Paul les observe en croisant les doigts :

— Ils ne vont pas assez vite, ils ne décollent pas...

En effet, le deltaplane ne parvient pas à prendre son envol. Lia et Marcus voient arriver l'extrémité de la pente, la gorge nouée. Ils dépassent les rails, ça y est, ils sentent le sol se dérober sous leur corps. Lia se cramponne à la barre, ses mains deviennent dures comme de la pierre. Marcus voit le wagon tomber dans le vide sous leurs pieds. L'aile pique du nez, Marcus et Lia coupent leur respiration durant cette chute de quelques secondes qui paraît une éternité. Un puissant souffle les assaille, faisant frémir la toile. Marcus ferme les yeux en s'agrippant à sa sœur. Bousculée par un vent effroyable, l'aile tremble en plongeant droit vers le sol. Mais Lia ne lâche pas, elle se cramponne à la barre avec toute sa ténacité, comme si elle voulait dompter une fois pour toutes son propre démon intérieur. Et sa volonté finit par en avoir raison, car l'aile se redresse et se stabilise. Propulsé par l'air chaud, le deltaplane remonte.

— On vole ! On vole ! crie Marcus.

La peur fait place à l'émerveillement. La forêt et les monts ne sont plus qu'un océan de verdure aux vagues harmonieuses. L'azur du ciel épouse la Terre dans une étreinte céleste. L'horizon se déroule à perte de vue et cet infini n'est plus source d'angoisse, mais de promesses.

Lia sourit et regarde derrière eux, elle aperçoit juste à temps l'autre aile rouge prendre son envol à son tour.

Celle-ci les rattrape assez vite. Et les deux équipages planent côte à côte désormais. Ils ont presque atteint le versant d'en face. S'ils franchissent la montagne, ils sont sauvés.

Brusquement, une énorme explosion pulvérise le dôme de la Montagne Noire, projetant des débris à des hauteurs vertigineuses. L'onde de choc les atteint en quelques secondes à peine et les bouscule. Sam arrive à reprendre le contrôle de son aile, mais Lia peine davantage à redresser la barre. Derrière eux, leur pire cauchemar prend vie, une nuée ardente dévale la pente du volcan. Un nuage de gaz et de cendres grisâtres enfle à vue d'œil, semblable à une avalanche monstrueuse. Elle dévore tout sur son passage, la piste de décollage, les voitures, le cabanon. Rien ne résiste. La Bête plonge dans le ravin et remonte la vallée, comme si elle les poursuivait. Lia a beau tenter de prendre de l'altitude, la cime des arbres se rapproche dangereusement. Devant eux, l'aile rouge arrive à dépasser la crête et disparaît derrière.

Des projectiles incandescents viennent percer la voile jaune en plusieurs endroits. La sangle de Marcus a été touchée, elle est sur le point de lâcher. Lia continue de pousser sur la barre, il faut reprendre de l'altitude coûte que coûte et passer la montagne. La Bête les talonne, ils peuvent sentir son souffle chaud qui les rattrape. Ils atteignent presque la crête à leur tour. Les arbres sont trop près. Ils frôlent leurs cimes. Lia passe de justesse entre deux immenses sapins et franchit miraculeusement le versant.

La Bête se fracasse sur la montagne et demeure prisonnière de la vallée.

Paul et Sam ne voient plus rien derrière eux, sinon un épais voile de cendres qui recouvre tout. Soudain l'aile jaune transperce la nébuleuse, ils en ont réchappé !

Lia remarque que la sangle de Marcus ne tient plus qu'à un fil. Il l'a vue lui aussi, il sait qu'il va tomber, il sait que c'est trop tard. Mais, cette fois, Lia ne laissera pas sa "vieille amie" l'emporter. Comme pour repousser la mort elle-même, elle jette énergiquement le parachute qui se déroule tout au bout de l'attache. Elle attrape son frère et le serre de toutes ses forces. Lui aussi s'accroche à elle du mieux qu'il peut. Le parachute s'ouvre et les freine d'un coup. Malgré la secousse, ils demeurent dans les bras l'un de l'autre, sans qu'aucun ne relâche son étreinte. Ils descendent vers la terre ferme ainsi enlacés, semblables à un frère et une sœur se retrouvant après une trop longue absence.

Épilogue

J'AI UN SOUVENIR CONFUS de ce qui s'est passé ensuite. Le nuage de cendres s'est également insinué dans ma mémoire. Je me rappelle que le petit garçon que j'étais trouvait assez étrange d'avoir survécu. J'avais beau tenir fermement la main de Lia pour vérifier qu'elle était bien là, j'avais du mal à réaliser que j'étais vivant. J'avais le sentiment tenace que j'aurais dû mourir là-bas. Tout autour de nous, la nature était entièrement recouverte d'une poussière sombre, comme si l'ombre de la mort était partout. Ce décor de fin du monde ajoutait sans doute à ma confusion. Étions-nous dans les limbes ? Cette route interminable était-elle le purgatoire ?

Ma cheville gauche me lançait. Le parachute avait freiné notre descente, mais elle avait été trop brutale et je m'étais fait une entorse. C'est cette douleur qui me fit prendre conscience que j'étais bien vivant.

Sam avait réussi tant bien que mal à se poser un peu plus loin sur la chaussée. Le deltaplane s'était brisé à l'atterrissage, mais Paul et lui étaient miraculeusement sains et saufs.

Nous étions quatre gamins marchant sur le bord de la route, les habits recouverts de cendres. Uniques survivants de l'éruption de la Montagne Noire, ce monstre plus grand, plus redoutable que tous ceux décrits dans les contes pour enfants.

L'éruption avait réduit à néant toute trace de vie sur des kilomètres à la ronde. Les corps de nos parents n'ont jamais été retrouvés. La Bête les avait dévorés sans laisser le moindre indice de leur existence. Pour ma part, je suis intimement persuadé qu'un glissement de terrain les avait emportés au moment où ils traversaient le pont. Mais, faute de preuves, nous avons conservé longtemps l'espoir de les voir ressurgir un jour, miraculés de cette tragédie. J'ai fait souvent le rêve de nos retrouvailles où je serrais mon père et ma mère dans les bras. Plus dur était le réveil à chaque fois. En boucle, je me suis repassé l'histoire dans ma tête pour tenter de changer le cours des choses, parvenir à les sauver par mon imagination.

Tant de zones d'ombre continuaient de planer sur ces événements. Inlassablement, j'ai tenté de les éclaircir, les expliquer, échafauder des hypothèses, y trouver un sens. Seulement, les théories demeurent des théories. Cette quête de vérité ne m'aidait pas à trouver la paix. J'ai fini par lâcher prise, par abandonner l'idée même de comprendre car, en définitive, il n'y a rien à comprendre face au chaos. Le seul et unique entêtement qui valait encore la peine était celui de se reconstruire, vaille que vaille, apprendre à subsister en l'absence de nos parents.

Dans les moments d'intimité, j'ai commencé à leur parler à haute voix. Cela m'a soulagé de penser que, quelque part dans le cosmos, ils pouvaient entendre les vibrations de mes cordes vocales. Je ne suis pas croyant, ou tout au moins je ne sais pas qui croire, mais je continue de leur parler encore aujourd'hui. Je leur dis que je les aime et combien ils me manquent. Je leur demande de me venir en aide parfois et, quoi qu'il advienne, cela me réconforte de raviver ainsi leur présence.

Nous marchâmes longtemps dans ce paysage gris, dénué du moindre espoir. Le passé se consumait dans notre dos, l'avenir n'avait jamais été moins sûr, les fantômes de nos chers disparus accompagnaient chacun de nos pas, mais ni notre chagrin ni l'adversité ne nous arrêtaient, car nous voulions vivre.

Ce que je me rappelle distinctement, et c'est là que le nuage de cendres se dissipe alors tout à fait dans ma tête, c'est quand, après plusieurs heures de marche, dans un virage en surplomb d'une autre vallée, nous vîmes la forêt débarrassée de son voile funèbre. La couche de suie s'arrêtait là. À sa lisière, un ours y cherchait de la nourriture, aussi hagard que nous. Il nous considéra un court instant, puis reprit tranquillement sa prospection dans cet éden préservé. Les arbres étaient à nouveau verdoyants et majestueux, leurs cimes dressées par milliers prêtes à nous protéger. Je compris alors que la forêt était un temple, et que je pourrai toujours m'y réfugier.

Je tiens à remercier Aline Peltier, Guilhemine Lambert et Michel Pujol pour leurs conseils de spécialistes concernant certains domaines explorés dans cette histoire.

Je remercie également mon éditeur François Martin, son assistante Fanny Gauvin, la correctrice Claire Petit, mes proches et amis, dont les lectures successives du manuscrit m'ont permis de l'améliorer encore.

Et surtout, je remercie Clotilde, qui a accompagné ces mois d'écriture de toute sa pertinence, ses encouragements et sa grande patience.

L'AUTEUR

Scénariste et réalisateur, Mathieu Robin vit à Montpellier. Après des études de cinéma, il écrit et réalise son premier court-métrage en 1996 et coscénarise en 2004 le long-métrage *Les Grandes Personnes* (réalisé par Anna Novion et sorti en salles en 2008). En 2005, il novélise pour Actes Sud Junior dans la collection "Ciné-roman" son court-métrage *Pensée assise* (réédité en août 2015 dans la collection "Roman Ado").

DANS LA MÊME COLLECTION

MON HEURE VIENDRA

Nina Vogt-Østli

Traduit du norvégien par Aude Pasquier

Hans-Petter, adolescent brillant et très effacé, est le souffre-douleur de sa classe. Sur internet, il commence à échanger avec une mystérieuse jeune fille, Fera. Celle-ci tente de le convaincre qu'elle vient du futur. Un futur où la planète a bien failli disparaître à cause d'un tyran. Elle lui explique qu'elle souhaite faire des recherches sur les dérives de l'histoire mais Hans-Petter refuse de la croire. Pourtant, et si Fera disait vrai ? Et si le monde de Hans était réellement menacé ?

LES HÉROS OUBLIÉS

TOME 1 : AUX PORTES DE L'OUBLI

Gaël Aymon

Depuis l'enfance, Romain est chargé d'une étrange mission : mémoriser tous les mythes afin de préserver leurs héros de l'oubli. Comme ultime épreuve, le garçon est envoyé sans explication sur l'île Pyborrhée chez son parrain, Gaius. Là, Romain est le témoin de phénomènes mystérieux et se retrouve brutalement plongé au cœur de ces légendes…

LA DERNIÈRE COURSE

Pascal Vatinel

Alaska, début du XXe siècle. Le trappeur québécois Jacques Larivière a enseigné à sa fille Élisabeth tout son savoir de conducteur d'attelage. La Grande Guerre éclate en Europe. Au bout de longues années de conflits dans les tranchées naît l'idée extravagante d'approvisionner par traîneau le front des Vosges grâce à des chiens du Grand Nord. Quatre cents bêtes font le voyage, accompagnées de la jeune Élisabeth déguisée en homme !

LA VIE ÉTONNANTE D'ELLIS SPENCER

Justine Augier

Dans une société futuriste et totalitaire, le rêve et le doute sont prohibés, le rendement est le mot clé et les habitants vantent les bienfaits de l'hyperactivité. Tous, sauf la jeune Ellis Spencer, à la grande inquiétude de ses parents qui décident de la placer dans une école spécialisée, en compagnie d'autres “marginaux”...

LE FILS DU TIGRE BLANC et LA MALÉDICTION DU TIGRE BLANC

Carlos Salem

Traduits de l'espagnol par Judith Vernant

Qui est le père de Nahuel ? Est-il vraiment ce mystérieux voleur connu sous le nom du Tigre blanc et recherché par toutes les polices du monde ? L'aventure continue pour Nahuel dans l'ombre de ce mystérieux personnage...

UNE VIE AU GALOP et L'ÉTÉ AU GALOP

Nele Neuhaus

Traduits de l'allemand par Brigitte Déchin

Au moment où le club hippique de ses parents est menacé de faillite, Elena rencontre Tim, le fils du propriétaire des écuries concurrentes. Pour vivre leur histoire d'amour, ils vont devoir tous deux surmonter les rivalités qui opposent leurs familles.

L'ÉMERAUDE SACRÉE DE SHWEDAGON

Pascal Vatinel

Birmanie, 1993. Le pays est sous le joug militaire et la leader politique Aung San Suu Kyi assignée à résidence. Dans ce contexte troublé, le jeune Min Han, sculpteur à la célèbre pagode de Shwedagon, est mêlé malgré lui à un terrible complot visant à s'emparer de l'émeraude sacrée du temple. Cette machination l'entraînera loin des siens, en plein cœur du Triangle d'or. Pour survivre, il deviendra *oozie* (dresseur d'éléphants), puis passeur d'opium pour des contrebandiers à la frontière thaïlandaise...

LE TIGRE DE BAIMING

Pascal Vatinel

Au cours d'une chasse aux papillons dans la jungle, un jeune villageois, Baiming, découvre une femelle et ses deux bébés tigres, d'une espèce que l'on croyait complètement disparue de cette région de la Chine méridionale. Il lui faut à tout prix avertir son amie vétérinaire, le docteur Song, pour protéger ces derniers survivants. Mais le secret est vite éventé et attise la convoitise des braconniers. S'ensuit une course contre la montre pour sauver le plus grand des félins…

KING KONG SUR SEINE

François Devenne

Quelle étrange enquête pour l'inspecteur Augier : un individu déguisé en singe – ou serait-ce un singe de la taille d'un homme ?! – sème la panique dans les musées parisiens. L'intrus s'intéresse à des statuettes du Bénin. Et d'où sort cette fillette noire aperçue dans son sillage ? Sur fond de vieille légende africaine, le mystère s'épaissit et Victor, le fils de l'inspecteur, est bien décidé à l'épauler...

Ouvrage réalisé par l'atelier graphique Actes Sud, achevé d'imprimer sur Roto-Page en mars 2016 par l'Imprimerie Floch à Mayenne pour le compte des éditions Actes Sud, Le Méjan, place Nina-Berberova, 13200 Arles.
Dépôt légal 1re édition : mai 2015.
N° impr. : 89440.
(Imprimé en France)